CROPPER'S CABIN

JIM THOMPSON

綿畑の小屋

ジム・トンプスン
小林宏明 訳

文遊社

綿畑の小屋

1

最後の答案を採点し終わったときには、もうほとんど薄暗くなっていて、おれはひどい空腹に襲われたとき忍び寄ってくる腹立たしさを感じはじめていた。わかってもらえると思う。もしかしたら、みんな同じように感じるかもしれない。だれか話しかけてこないだろうか、そうすればその相手に猛烈に怒れるのに、と望んだりする。

おれは表紙に以下のように書かれたフォルダーに答案を入れた。

ミス・トランブル（英語学科）
オクラホマ州バードック郡
統合学校地区

そしてそれをミス・トランブルのデスクのいちばん上の抽斗にすべり込ませようとした。だが、答案の一枚がすべり落ちて、ゴミ箱のなかに入ってしまった。それを拾いあげようとしたとき、サンドウィッチが見えた。と言うよりサンドウィッチの食べのこしが、ゴミ箱に入っていた。魚をサラダドレッシングで和えたようなものがはさんであり、ピンクの口紅と唾液の小さな跡が付いていた。だが、サンドウィッチはものすごくいいにおいがした。ものすごくうまそうに見えた。おれはそれをつまみ出し、唾液と口紅が付着したところをつまみ取った。そのとき、教室のドアが突然あいたから、おれはサンドウィッチをポケットに押し込んだ。

守衛のエイブ・トゥーレイトだった。おれが立ちあがって笑いかけると、彼は意地の悪そうな目をしっかりおれに据えて、近づいてきた。おれのすぐまえに立ったので、コーン・ウィスキーのにおいが鼻についた。彼は、ごつい銅色の手を片方さし出した。

「見たぜ」彼は、うなるように言った。「聞こうじゃないか」

「なにを?」おれは言った。

「おまえがポケットに入れたものだよ。だれが夜ここで盗みをはたらいているのかとずっと思ってた」

おれは思わず声を出して笑いそうになった。だって、そんなふうに思っているのは学校中でたぶん彼ひとりだったからだ。みんな知っている。もし教育委員会に身内がふたりいなければ、彼はとっくに解雇されていただろう。

「聞こうじゃないか」彼はくり返した。

「おれからはなれてくれ」おれは言った。「さっさとおれからはなれろよ、エイブ」

「おまえ、なんて名だ、坊や?」まるで知らないかのように、彼はどなった。「ここでなにしてる?」おれは、自分の顔がこわばるのを感じた。ふざけるな、おれがなにをしてたか知ってるくせに。おれはもうほぼ四年もミス・トランブルの答案の採点をしてきた。一年生のときから。

おれは彼に詰め寄った。ロッカールームのほうへ後ずさりさせると、彼の顔が汗でてかりはじめた。

「お、おい、よせよ、トム――トミー」彼はどもりながら言った。「そんなつもりじゃ……」

「トミーだって?」おれは言った。「ちょっとなれなれしすぎないか、エイブ? ミスター・カーヴァーって言いたいんじゃないか?」

「ミ、ミスター・カーヴァー……」

貧乏白人の小作人のこせがれに〝ミスター〟を付けなければいけなくて、彼はほとんど喉を詰まらせていた。彼はクリーク・インディアンであるうえ、同時に黒人の血も混じっていることを認めさせられたかのようだった。

おれは彼をロッカールームのなかまで後ずさりさせ、一、二分ほどにらみつけ、彼が汗をかいてもぞもぞするのを見つめた。それから少し冷静になりはじめたので、その場をまるくおさめたくなった。だが、そんなことは無理であることはわかっていた——おれの名前を気安く呼ばせたあとだったから。それで、BCSという大きなイニシャルが縫いつけてあるフットボール・セーターに手をのばし、出ていった。

階段をおり、自尊心ってなんとおかしなものかと考えながら、外へ出た。なんて面倒くさいものなのか。

気持ちがおさまっていたので、おれがポケットになにを突っ込んだかエイブは見たにちがいないとさとった。あいつはおれの自尊心を傷つけようとしたのだ——他人を追いつめることで気分を高めようとした——それで、おれはやり返した。そうなると、いま、いや、あす、やっかいなことが待ち受けるだろう。彼は朝いちばんで校長室へいくだろうが、おれは自分がミス・トランブルのランチののこりを食べようとしていたことなど認めるつもりはなかった。

おれはポケットからサンドウィッチを引っぱり出し、階段のわきに捨てた。それからセーターを肩に引っかけて、道路にむかって校庭を横切った。

暗さが増していたが、小川のほうへむかうカーヴをまわったとき、柳の木の下にとまっているドナ・オンタイムの新しいキャデラックが見えた。どうやら彼女もおれを見たようで、車のクラクションを短く二回鳴らした。それで、おれはそっちへいった。おれたちがいっしょのところを親父が見たらどうなるかわかっていたが、そんなことはかまわなかった。

2

話を先に進めるまえに、トゥーレイト（時間切れ）とかオンタイム（時間どおり）とかいう名前は東部オクラホマではあまりめずらしくないことを説明しておく。ここの土地の多くは、かつて〝文明化五部族〟に所有されていた――つまり、部族全体が所有していたのであって、部族の個人ではなかった。領土時代にはそれでよかったのだが、オクラホマが州になるまえ、土地は分配されることになった。部族の所有制度が廃止されたのだ。政府がきめたことだった。政府は、時刻にいたるまである日にちを設定した。そして、その時間よりまえに生まれた子供は、部族の所有地の分け前にあずかった。言ってみれば、配分を受けたのだ。しかし、設定された時間よりあとに――一分でも――生まれれば、なにも受け取れなかった。その子供は、親族が面倒を見ることを選択しなければ、ただの貧乏インディアンにすぎなかった。

トゥーレイトとかオンタイムとかいう名前の裏にはそういう話があり、入植者のその他大勢の者も混じってくると、名前のいわれはほとんどわからない。

エイブ・トゥーレイトは、配分時間のあとに生まれ、親族は彼になにも相続させないほうがよいと気づいた。

ドナの父親であるマシュー・オンタイムは、配分を受けられるほうに生まれ、家族の大半から土地を相続し、いまは五千エーカーくらいを有していた。もし自分の土地を石油の掘削のために貸し出していたなら、オクラホマでもっとも金持ちのひとりにだってなっていたはずだ。また、石油の話がなくても、彼らは充分に裕福だった。

キャデラックの後部座席で横になりながら、おれはドナ・オンタイムの情熱的な黒い目を見つめた。すると、かなり大きな銀行よりもっと多くの金を管理しているような気分になった。だが、かりに父親が無一文でも、彼女のことが好きだった。もし可能なら、彼女のことをもっと好きになるかもしれなかった。

マシュー・オンタイムは混血で、妻は白人の女だった。換言すれば、ドナは四分の一がインディアンで、のこりが白人だった。混血の美女を生むには、このうえなくすばらしい組み合わせだ。

彼女はため息をついた。ソフトな黄色いセーターの下で、胸がふくらんだ。微笑むと、暗がりのなかでも歯ならびのいい歯が白く光った。彼女は、頭をちょっとかしげた。

「ねえ、トミー」

「すてきだったよ」おれは言った。

「でも、あなたはもういかなくちゃ。そうでしょ？　いかなくちゃだめよ。歩いていったほうがいいわ。わたしが車であなたの家のそばをとおるにしてもね」

おれはなにも言わなかった。座席に背をもたせかけ、服をちゃんと着なおしはじめた。彼女も体を起こし、スラックスのジッパーをあげた。怒ったようなジージーという音がした。

「そんな言い方するなよ、ドナ」おれは言った。「親父の感情はおれにもどうしようもないんだ」

「気にしないで、トミー」

「でも、おれになにができる？」おれは言った。「おれは十九歳で、まだハイスクールにかよってる。もし春に落第したら、もう一年やらなきゃならなくなる。少なくとも学校を出るまで、親父とはうまくやっていかなきゃならないんだ」

「そのときまで？　それ以降は、トミー？」

「そうだな」――おれは曖昧な返事をしようとした。「きみの親父さんはどうなんだ、ドナ？　あの人がおれたちカーヴァー家の人間を好きだとは思えないね」

「わたしの父のことはわたしがなんとかする」

「そうか、でも、いいか。いいか、ドナ」おれは言った。「おれの場合は事情がちがうんだ、ドナ。いままで説明しようとしてきたように、親父がほんとうの父親だったら――いままでおれのためにあんなにしてくれなかったら――おれは……」

「わかってるわ」彼女は片手をあげ、指を一本まげた。「その一。ミスター・カーヴァーはあなたの実の両親が洪水で溺れ死んだあと、ミシシッピであなたを養子にした。その二。彼の奥さんが死んだら、あなたを孤児院にあずけて見捨てる代わりに、メアリを養女にしてあなたの面倒を見させた。ついでに言わせてもらうと、男やもめが十四歳の少女を養女にしようとしても法律はけっこうあまいようだけど、でも……」

「それは言わないでほしかったな」おれは言った。

「……でも、ミスター・カーヴァーにとって肉欲は聖書のなかの薄汚い言葉以上の意味をもたないことくらい当局にもわかっていたでしょうに。で、ええと、どこまで言ったかしら？　ああ、そうだ！　その三。医者たちはあなたがもっと高地の乾燥した気候のところにいたほうがいいって考えたから、ミスター・カーヴァーはミシシッピをはなれて、あなたとメアリをここへ連れてきた……それって、たいへんなことよ、そうでしょ？　自分と血のつながりのない幼児をおとなに育てるためにしたことなんだから」

「たいへんなことだ、たしかに」おれは言った。

「わたし、なにか見逃してない？」

おれは肩をすくめた。「見逃してないと思う」

「でも、あなたはなにか見逃してる。あなたは六歳のときから畑に出ておとなと同じ仕事をしてきて、それからというもの働くこと以外ほかのことは知らずにきた。人生で得たものといえば、働きつづけるために必要な食べ物と、ラバを二頭殺せるほど受けたむち打ちくらいのもの」

「得たものはもっとあるよ」おれは言った。「それに、親父はほんとうはあさましい男じゃない。古風できびしい男にすぎない」

「なるほど。だったら、なにもかも問題ないわね」

「いや」おれは言った。「きみはわかってないよ、ドナ。でも、いまはこれ以上話せそうもない。おれを家まで車で送ってほしいんだ、もし……」

「わかってる。もしお父さんがいなかったらね」

「そんなことを言おうとしたんじゃない。おれはシートでうずくまっていられるし、きみはおれのうちをとおりこして……」

彼女はなにも言わず、突如起きあがると、運転席にすべり込んだ。そして轟音とともにエンジンをかけ、ギヤを放り込むと柳の木の下から飛び出し、道路に出た。おれは座席の背もたれを乗り越えて前部座席にすべり込み、必死で身をかがめた。車の速度は時速八十マイル近くになり、赤土の上を疾走し、轍に弾んだりした。しかし、おれにできることはなにもなかった。彼女はインディアンの気性の激しさにすっかり取り憑かれていた。こうなったら、もう理性はきかなかった。

彼女がこんなふうになったのを、以前一度見たことがあった。一年まえの春で、彼女が州立大学を卒業したあとのことだった。そのとき彼女は大きなクライスラーを運転していて、村から二、三マイルはなれたところでタイヤの一本がパンクした。おれは、修理を申し出た。おれたちは自分たちの十エーカーにくわえてマシュー・オンタイムのために四十エーカーの土地で小作していたから、もちろん彼女のことは知っていた。だが、会えばうなずいてみせたり、「おはよう、お嬢さん」と声をかけるくらいの付き合いでしかなかった。

で、おれはタイヤの修理に取りかかった。なにか言ったことがきっかけだったのかわからないが、むしろなにも言わなかったことがきっかけだった。おれの態度は、いかにもぶっきらぼうだった。親父のような男に育てられると、完全に理不尽だとわかっていても、彼の考え方を吸収してしまうようになる。親父は、五部族が一八〇〇年代初期にジョージアとミシシッピとフロリダから追い出されたことを、なにかにつけて話していた。彼らは白人たちが必要とするよい土地にしゃしゃり出るのではなくて、太平洋側に押しやられるべきだと。彼らはみんなタール刷毛で体を塗られている、というような言い方を彼はいつもしていた——彼らには黒人の血が混じっている、という意味だ。連中は怠け者で、盗癖があり、あらゆる薄汚い病気に冒されている、と主張していた。おれは、そんな親父と言い争うなんてばからしいと思うようになった。彼の考え方がほとんどおれにも染みつくまで、ただ耳を貸し、けっして言い返さなかった。

だから、おれはドナにぶっきらぼうだったのだと思う。なにか言うでもなく、なにかするでもなく、傲慢な態度だった。いずれにせよ、気がつかないふりができるくらいまで、彼女はがまんしていた。そして、やがて——ほかにどう言っていいかわからないが——彼女はキレた。おれがしゃがんで、ハブキャップをはめていたときだった。まず、うめくような声が聞こえた。手負いのボブキャットが発した声が聞こえたかのようだった。それから、彼女はおれにむかって身を投げ、おれを道路に押し倒した。そして、おれに蹴りを浴びせ、踏みつけ、引っかき、噛みついた。本気でおれを殺そうとしているのだ、とぼんやり思った。だが、黒髪を振り乱し、顔を道路の土でよごしながらも、彼女は世界でいちばんきれいな女の子にちがいない、とおれは考えていた。彼女はどんな女の子なのか、服の下はどんな体つきなのか、とおれは考えていた。

はじまったときと同じように、突如乱暴がやんだ。前触れなどなかった。鉄砲水で消えた火のように、あっという間にすぎ去った。なにがおこったのか信じられないかのように、大きく目を見ひらいておれを見つめた彼女は、まったく動かなかった。やがて、彼女はおれの胸に頭をうずめ、泣きはじめた。おれは彼女を抱きあげて、車のなかに入れ……

いずれにせよ、はじまりはそんなふうだった。彼女はそんな女だった。いつかその激しい気性をあらためてほしいと、おれは願った。

おれたちは道路の上り坂にさしかかり、車が跳ねあがるのを感じた。それから急ブレーキがかかったので、おれはダッシュボードの下に突っ込みそうになった。すると、車は左に急カーヴを切り、クラクションが甲高く鳴らされ、危ういところでドブへ落ちるのを回避した。まぶしいヘッドライトに照らされ、だれかが叫び、またけたたましくクラクションが鳴った——もう少しで対向車とぶつかりそうになったのだ。それから道路に戻った車は、依然としてスピードを出していたが、速度はさっきよりずっと落ちていた。ドナは、小さく声を出して笑った。

彼女は手をのばし、おれの頭を自分に引き寄せ、膝の上にのせた。座席の上で少し前方へすべったから、腰に手をまわしてほしいことがわかった。それで、そうした。おれたちは、〝オンタイム農園〟へまがり込んでいくまで、だまって車に乗っていた。その道は、おれたちの農園へ入っていくカーヴでもあった。

「たぶんこうするのがいちばんいいのよ」まるで自分と議論していたかのように、彼女は考え深げに言った。「あなたがほかの人たちみたいだったら、こんな関係にならなかったでしょうね——わたしにお金があるからって、ぺこぺこして足元にひれ伏す人たちみたいだったら」

彼女はそのことについておれに言ったことがあった。大学出の連中についてどう感じているか。だが、おれは彼女が好き——とても——だったから、ちょっと説教しようとした。もっと肩の力を抜いてほしかった。だから、きみは少し人にきつく当たりすぎるかもしれない、と彼女に言った。

「たぶんね」彼女は言った。「だけど、考えざるをえないのよ。お金に全然影響されない人がいるって知ると、ずいぶん気が楽だわ。たとえ……」

「そうだな」おれは言った。

「わたしはパパに似てるんだと思う。主義主張を全然もたない人よりまちがった主義主張をもっている人に会うほうが多いの」

「ドナ、言っておくけど……」

「わかってるわ」彼女はハンドルから片手をおろして、おれの頭をさすった。「ところで、さっきすれちがったのはあなたのお父さんだと思うけど」

「聞きおぼえのある声だと思った」おれは言った。「いっしょにいたのはだれだかわかった?」

「どうかしら——でも、赤と白の車だった……」

「まさか」おれは言って、体を起こした。

赤と白の車——石油会社の交渉係の車にちがいない。マシュー・オンタイムが自分の土地を貸し出さないので、会社がおれたちの土地十エーカーを借り受けようとしてむだな時間を費やしていることは、もうみんな知っているとおれは思っていた。おれたちは、彼の土地のほぼどまんなかに陣取っているのだ。みんなそれを知っているはずだった。だが、今度はべつの人間が出てきた。土地を借りまくっている連中のように、その男もうまい話で釣ってくるような輩なのだろう。親父の目のまえに大金をちらつかせる。親父はそれがほしくてたまらない。おれにとって大きな意味があるというのがそのおもな理由だが、それに手を触れることもできないだろう。

せいぜい何日か苦々しい思いをして、いつもより生きるのが二倍むずかしくなる。最悪の場合は……？　彼がもしドナの父親と話し合おうとでもしたら、きっとまずいことになる。もしそんなことをしたら。

「助けてあげられればいいんだけど。パパはわたしの言うことならいろいろ耳を貸すでしょうから。でも……」

「お父さんを説得しようなんてしちゃいけない」おれは言った。「きみがなぜ興味をもっているのかいぶかる。そして――とにかく、お父さんは正しいと思う。金なんか必要じゃないんだ。うちの親父に用立てしようとして土地を貸し出す理由はまったくないよ」

「パパと話すわ」彼女はためらいがちに言った。「わたしの相続財産をいまちょうだいってパパを説得できれば……」

「そのことを話すのはやめよう」おれは言った。

「そうね」彼女はゆっくりうなずいた。「たぶん、話さないほうがいいわね。あなたのうちをとおり越しましょうか、トミー？」

「その必要はないよ」おれは言った。「メアリはなにも言わないだろう」

ドナは、石油会社の車がまだ視界に入っていないことをたしかめるためルームミラーを見あげ、キャデラックの速度を落とした。

「メアリはわたしたちのことを知っているんでしょ、トミー？」

「ああ……おれがいつもきみといっしょにいることを知ってるよ。一度か二度だけど、彼女にかばってもらわなきゃならなかった……」

「彼女はわたしが大きらいよ、トミー」

「ばかな、そんなことあるもんか！」おれは笑い声をたてた。「たしかに彼女はなにかにつけて親父の機嫌を損ねないようにしているよ。彼女には自分の意志がないって言えるかもしれないが、たぶん彼女はそう見せかけて……」

「あれは見せかけじゃなかった。あなたのお父さんと彼女がいっしょのところを町で数回見たことがあるけど、わたしを見たときの彼女って……」ドナの声は尻すぼみになった。

「想像がたくましすぎるよ」おれは言って、車のドアをあけた。

「トミー、彼女はいくつ？」

「三十三くらいだと思う。親父が彼女を連れてきたときは十四か十五だった」

「彼女は一度も付き合ったことがないの？　男性と」

「ない。もしかしたら、親父をこわがっていたのかもしれないが、一度も男に興味がなかったんじゃないかと思う」

「そんなの変だわ。だって、彼女は――彼女はかなり魅力的よ」

「見かけはいいと思うよ」おれは短く言った。だんだん気まずさを感じてきたからだ。

「おれはもういかなくちゃ、ドナ」

「でも」彼女はミラーを見あげた。「そうね、そのほうがいいでしょう。お父さんをうちへこさせないようにして、トミー。こわいのよ、お父さんが――あの人とパパが――わたしたちの関係を変えてしまうわ、トミー！　そんなのいやだけど……」

「親父をいかせないようにするよ。最善を尽くす」おれは言った。

彼女はすばやくおれにキスをし、走り去った。おれは身をかがめて走って道路を横切り、家へむかった。

じつを言うと、彼女に会ったのはそれが何度目だったかわからない。だが、彼女が去ってしまうと、最初に会ったときのように信じられない思いだった。実際に会ったことを信じるのがむずかしかった。彼女はすべてをもっていて、男が欲するもののすべてだった。

肩越しに振り返ったあと、家のポーチにむかってスパートした。

もう少し気をつけていないと、おれは腰痛もちのただの小作人になってしまうかもしれなかった。

たいていの人はオクラホマのことを新しい国だと思っている。ここ四十年かそこらまでは移住者が定住していないところ。それは、部分的には正しい。しかし、南や南東部にそれはあてはまらない。

〝文明化五部族〟——クリーク族、チョクトー族、チカソー族、チェロキー族、セミノール族——は、一八一七年ごろ移住をはじめた。深南部からやってきて、いわゆる〝涙の旅路〟を経験した。そして、町、裁判所、学校、新聞、それに当時どこの国にもあったすべてのものをもった五つのインディアン・ネーションを設立した。白人をきらう理由はあったかもしれないが、彼らはあまりにも長いこと白人のように暮らしてきたから変えられなかった。連れてきた奴隷たちとともに、彼らは白人のように農業を営んだ。土地がやせるまで綿を栽培し、穀物を育てた。おかげで、表土を、ついで下層土まで失いはじめた。そして、州としての地位が確立されるころには、本来生産されるべき量の四分の一しか生産されなくなった。

州と連邦政府はようやくそのことに気づき、農業をふたたび活性化しようと試みた。

しかし、物納小作人システムは、ちょっとでも知性のある人たちを惹きつけない。科学的な農業に関して理解している人たちは、最初から小作人などにならないのだ。いずれにしろ、所有していない土地を改良することで利益を得られるよう人を導くのはむずかしい。

それで、十五年ほどまえ、おれたちがミシシッピから移り住んできたときも、多くの土地はまだ改良されようと——いまだに改良されているが——していた。それは、おそらく過去と同じくいいことなのだ。さもなければ、マシュー・オンタイムの親族のひとりから十エーカーの土地を買うことなどなかっただろう。

その土地はマシューが相続した農場の一部だったので、おれたちはそれ以上を手に入れることはなかった。そして彼は、枯れた土地でなにができるか親父と同じくらい知っていた。彼はその問題について親父よりずっとよく知っていた。

だから、おれたちが所有していた、そして以後に所有するであろうものは、その十エーカーの土地と、ふたつの貧相な家屋といくつかの付属の建物だけだった。だが、それでもよかった。ただの小作人からの大きな第一歩で、望みをほとんどかなえた。

おれたちはふたつの家屋の端と端をつなぎ、両方を結ぶ屋根付き通路をつくった。

そして、付属の建物のひとつを取りこわし、正面に長いポーチをつくった。家の床は砂岩で磨き、それにニスを塗った——ニスを塗った小作人の家の床なんて、おそらくそこだけだったろう。さらに家の外側を白く塗った。小作人のいる田園地帯で、そういうの——ペンキを塗った家——は見ないだろう。それはほんとうにすてきだった。とりあえずは。

石油会社の交渉係の車が速度を落として庭にまがり込んできたとき、おれはポーチにたどりついた。

メアリはおれの手からセーターをひったくった。そして少しだけ水が入ったバケツをおれに押しつけ、家のなかに消えた。おれは彼女になにも言う必要がなかった。彼女はなにをすべきかわかっていた。

バケツに水を入れ、袖をまくりあげた。車のヘッドライトに照らされるまでに、おれはバケツにむかってかがんでいた。

薪をひと抱えほど運んだばかりだというふりをして、夕食まえにごしごし手を洗っていた。

車が庭に入ってきてとまり、一、二分ほどあたりがしんと静かになった。やがて、石油会社の交渉係——彼の姿を見ることはできなかった——が咳払いをした。おれは水を入れたバケツを取りあげ、井戸のほうへぶらぶら歩いていった。

「わたしにはまったく理解できんよ」男は、苛ついていながらもそれを隠すように言った。「ずっとこの仕事をしてきているが、ミスター・カーヴァー、でも、わたしには……」

「おれが言おうとしてるのはだな、ミスター……」

「なにか納得できないことでもあるのか？　あとどれくらい要求するつもりなんだ？　こっちは生産高の八分の一の使用料を払うというんだ。ごくふつうの使用料だ。だれもそれ以上は払わない。だが、こっちは一エーカーに付き二千五百ドルの使用料の前払い金まで払う……」

二千五百ドル！　それはこのあいだ受けたオファーより一エーカーに付き二百五十ドル高かった。

「……考えてくれ、ミスター・カーヴァー！　こっちは占めて二万五千ドル払うんだぞ——に、にまん、ご、ごせんだ。——キャッシュで、即金で！　それはほんの手はじめだ。だがな、われわれの地質学者が報告しているように、この辺の土地が半分でも肥沃なら、あんたの取り分は……」

親父はうめいた。ほんとうにうめいた。彼の顔を見なくても、それが苦悶で歪んでいることがわかつた。

「……に、にまん、ご、ごせん、ドル――」

「もうやめてくれ！　いいかげんにしてくれ！　それしか言うことはないのか？」

「だがわたしには理解……」

「いままで説明しようとしてきたろう！」親父は叫んだ。「もう一時間もあんたに説明してきた！　あんたがたはうちの十エーカーの土地も借りられないよ！　無理なんだよ！　会社だってあきらめてるだろう」

交渉係はまた口をはさもうとしたが、親父が彼をどなりつけた。「おれが知らないと思うのか？　おれはいままでの経緯を見てきたんだ！　会社は、金の支払いがおこなわれるまえに賃貸借契約について調査しなきゃならなかった。そして、うちのちっぽけな十エーカーの土地しか手に入らないことがわかった！　それ以上は望めなかった。収支はせいぜいとんとんにしかならない。ラッキーだったとしてもな！」

「とにかくまかせて……」

「あんたにまかせるつもりなんかないよ！　あんたの時間もおれの時間もむだ遣いさせ

るつもりはない。いずれにしろ、深い油井を掘るのにいくらくらいかかる？　十万ドルから十五万ドルか？　つまり、油井ひとつを掘る余裕さえもあんたにはないってわけだ。かりに、ふたつか三つならんで掘ったって、なんの儲けにもならない。どうせ涸れちまうだけだ。うちの土地を掘れるんなら、そのまえにあんたは目につくすべての借地をほしくなるだろうよ！　それに、あの傲慢なインディアンは一エーカーだって貸さない！一エーカーだってだ」

交渉係は笑った。タバコに火をつけると、マッチが赤々と燃えた。「われわれがそれなりの提案を彼にすれば、きっと……」

「わかったよ、ミスター」親父はうんざりしたように言った。「わかった」

「だったらきまりだな？　おたがい文句なしだ」

「あんたがいって彼と話してこい」親父は言った。「さもなくば、町の石油業者の何人かに話しにいってこい。それからおれに会いにこい」

「承知した！　これできまりだ、ミスター・カーヴァー。あすの朝弁護士を連れて戻ってくるから……」

「いや」親父は言った。「あんたは戻ってこなくていい。あすの朝だろうと、いつだろうとな。でも、そのことについてあんたと言い争う気はないよ」

彼は車をおり、食料がいっぱい入った白い食料袋を肩にかついだ。そして少しさがって交渉係の車をとおしてやり、家にむかってゆっくり歩いてきた。おれのことは見なかったし、たぶんおれの姿は目にも入らなかったろう。おれはひしゃくに入った水をバケツにあけ、走って彼に追いついた。

「お帰り、親父」おれは言った。「それ、おれがもつよ」

「なに?」彼はおれにむかって目をしばたたいた。「ああ、おまえか、坊主。学校はどうだ?」

「うまくやってるよ」おれは言った。

「みんなにちゃんと見せつけてるか? なまけてなんかいないだろうな? おれたちカーヴァー家の実力をみんなに見せてるか?」

「ああ、親父」おれは言った。

おれは食料の入った袋を背中にかついだが、彼は依然として立ったまま目をしばたたきながらおれを見ていた。見透かすようにおれを見ていた。彼はおれと同じくらいの身長だったが、筋張った体軀をしていた。だが、何年も作物の収穫をやってきたので、胸が引っ込んで背中と首がまがり、おれを見るには頭を少し反らさなければならなかった。上にむけたしわだらけの顔を見ると、なにかに嚙みついて放さないカミツキガメを思わせた。

「あの愚かなインディアンの娘と会ってるのか？」彼は言った。

「インディアンの娘？」

「もう少しでおれと石油会社の男をドブに落とすところだった。おれの娘じゃなくてよかったよ。今度会ったら、皮をひんむいてやる」

「そうかい、親父」おれは言った。

彼は家のなかへ入り、そっけなくメアリにうなずき、自分の寝室に入っていった――屋根付き通路の南側の家屋には、その寝室とキッチンの二部屋しかなかった。おれとメアリの部屋といちおう居間と呼べるような部屋は、もうひとつの家屋にあった。

彼はドアを閉めたが、おれたちの部屋のあいだにはまともな壁がなく、薄板の仕切りしかなかったから、彼がため息をついてトウモロコシの皮を詰めたマットレスにどすんと腰をおろす音が聞こえた。おれはすべて順調と思わせようとして、メアリに笑顔を投げかけた。そしてふたりして食料を袋から取り出しはじめた。

「おなか減ってる、トム？」彼女が小声で言った。

「それほどでもないよ」おれは言った。

「スウィート・ポテトをつくるあいだ待っていられる？　それと、サラダを用意するわ」

「夕食まで待てると思う」おれは言った。

おれは塩漬け豚肉のかたまりを取り出して、それを薄く切りはじめた。彼女は小麦粉の袋をあけ、中身を両手で二杯分すくい、陶器のボウルに入れはじめた。

「あの人」彼女はつぶやいた。「ほんとにいけ好かないやつね。それが彼の正体よ」

「なに言ってるんだ、メアリ」おれはにやりとした。「本気で言ってるんじゃないだろう」

「本気よ！」彼女は塩とベーキング・パウダーを小麦粉のなかに放り込んだ。「きのうの朝からこの家ではほとんど食事をしてないわ。彼がいけ好かない男のせいでね！　彼はきのう町にいたんでしょ？　どうしてそのとき食料品を買えなかったのよ」

「親父がケチなのは知ってるだろ」おれは言った。「それに、食費に金がかかりすぎるんだ。仕入れた食料を一回の食事で全部食べちまったら……」

「だれが全部食べるのよ？　この家でいちばん多く食べるのはだれ？」

おれは、肩をすくめた。「彼も食事抜きですまさなきゃならないこともあるんだ」

「ええ」彼女は苦々しそうに言った。「そうでしょうよ！　サンドウィッチとソーダポップがほしいと思ったら、彼は買えばいい。でも、彼が食べ物なしですますところなんか見たことないわ！」

声を落としたほうがいい、とおれが告げると、彼女は仕切りのほうをちらりと見やって少し蒼ざめた。やがて、手伝えることがあまりなかったので、おれは屋根付き通路をとおって居間へいった。

そこはこの家でいちばん片づいている部屋だった。考えてみれば、最高だと言えた。メアリがつくった大きなラグが敷いてあった。彼女は、小麦粉の袋を染めてカーテンもつくっていた。さらに、安楽椅子ふたつと小さなソファ用に上掛けも編んでいた。親父とおれは家具をつくった――田舎ふうに――が、椅子の肘掛けと背もたれにかける織物はじつにみごとな出来で、メアリの作だった。荷箱、食卓、そしてもちろん灯油ランプ、年季の入った大きな聖書をのぞいて、部屋にあるものすべては実質的にメアリがつくった。

おれはランプをつけ、芯から煙が出ないよう炎を小さくした。まわりを見て、ラグを見た。家具とカーテンを。そしていきなり、理由もわからないまま、またランプを吹き消した。薄暗がりのなかに立っていると、窓から月の光線が入ってきた。部屋がもう気に入らなくなったので――気に入っていたのだが、居心地が悪くなった――おれは窓から外を見た。そして、屋根付き通路を見わたしてから、またキッチンに視線を戻した。

年はい、い、い、い、いくつだろう……？

すごく魅力的……？

メアリはコンロから食卓、食卓から食器棚へゆっくり行き来していた。褐色の生脚は、靴ひものない古い靴から力強くすっとのびていた。おれが昔はいていた靴だ。色が褪せたギンガムのドレスが体に張りついていて、彼女が食器棚に手をのばしたり食卓の上にかがんだりすると、ずりあがったり、ふわっと広がったり、カーヴを描いたりした。彼女の胸、彼女の桃のようなヒップ、彼女のおなか、彼女の……

おれはちょっと震えて、腰をおろした。バンダナを取り出して、顔の汗を拭き、両手をぬぐった。

想像をめぐらす必要などなかった。どんなふうか――メアリの体全体がどんなふうか、知っていた。でも、想像をめぐらせてはいけないか？　おれは考えた。どんなふうか知っていて、思い出してはいけないか？　おれにとって、彼女は母親みたいなものだった。彼女はおれが知らない母親とほぼ同じだった。

いや、当時はして悪いことなどなにもなかった。おれが幼児のころは。知ったり、おぼえたりすることが悪いことだなどということはまったくなかった。いまだってなかった。彼女にお休みのキスをしたってよかったし、彼女が沈んでさびしそうでうちひしがれていたりすれば、抱擁して肩をたたいてやるのはよいことだった。

それはしてよいことだった。やって当然のことだった。ドナがおれの妄想に入り込んでこなければ、いままでどおりなにも変わらなかった。ドナへの妄想はトラブルのもとだから、はやく克服したほうがよかった。案ずべきほんとうのトラブルをかかえていたからだ。

あす、おれは学校で面倒な状況に直面するだろう。そして、おそらく、おれが思っているとおりならば、今夜親父はマシュー・オンタイムとひと悶着おこすだろう。

夕飯ができたと、メアリが言って寄こした。

おれたちはオイルクロスをかけたキッチンの食卓につき、親父が食前の祈りを捧げ、三人は食べはじめた。

おれは十五分まえにひどく腹が減っていた。だが、あまりにも腹が減っていると、ときどき食欲が失せてしまう。それがおれのやっかいなところだと思う。メアリは皿をまわしてくれたが、おれはそれを返した。ときどき少しだけ料理を取ったが、たいていはなにも取らなかった。ほんの少ししか食べられなかった。

「どこか悪いの?」ついにメアリが言った。

「いや、そんなことない」おれは言った。「あんまり腹が減ってないんだ」

「おなかはすいてるはずよ。どうしたの?」

「おまえこそどうしたんだ?」自分の皿から顔をあげて、親父が言った。「食事中に無駄話するのはやめろ」

「は、はい」メアリは言った。

「腹が減ってるかどうかくらい、こいつにだってわかる。もう赤ん坊じゃないんだ」

「はい」メアリはもう一度言った。

彼女を見ているのは愉快だった。悲しくも愉快だった。彼が面とむかった瞬間、メアリはなにも言えなくなったし、なにもできなくなった。できることなどもともとなかったのだが。彼女は親父に立ちむかうことなどできなかった。彼になにか言われたり見つめられたりすると、メアリは日陰のヒマワリのようにうなだれた。親父にはそういう一面があった。メアリに対する態度は、見苦しいものだった。

親父は皿を押し返し、コーヒーをカップに注いだ。そしてそれをもちあげ、視線を右へ移した。おれは思わず心臓がとまりそうになった。彼が二連式のショットガンがおいてある長い棚のほうを見つめたとき、なにを考えているかわかった。

彼は、考え込むように目を細めた。それからため息をつき、ほんの少し頭を振った。ソーサーをオイルクロスの上においた。口が引きつった。

「あの野郎《ゴッド・ダム・ヒム》」彼は神の名を出して呪うように言った。「やつの黒い魂は地獄へ堕ちるがいい！」

彼はおれからメアリへ視線を移してにらんだ。革のような皮膚の顔が引きつり、彼は片手をあげてテーブルにたたきつけた。

「話をつけてやる！　あいつとちゃんと話をつけてやる！」

「わかったよ、親父」おれは言った。彼と言い争ってもなんの得にもならないことはわかっていた。

「いくぞ！　いまいくんだ」

おれは椅子を押し出して、立ちあがった。おれとしては、ドナのことで親父がマシュー・オンタイムになにか言わないことを望むしかなかった。マシューはいろいろなことで親父を怒らせて――必要以上に――きたが、もし親父が彼のひとり娘のことでなにか言ったらひと悶着おきることはわかっていた。マシューの妻は死んでいたから、ドナは彼の唯一の家族で、インディアンは家族をものすごくだいじにするのだ。

「親父」――おれはためらった――「ひとつだけたのみが……」

「ええ」メアリが言った。声が異様に大きかった。「あのいかれた娘のことで彼に文句を言うのを忘れないで！」

メアリが親父にむかって大きな声を出したのは、たぶんこのときがはじめてだった。親父がそれをどう受け取るか、容易に察しはついた。そのときまで、彼はドナのことをどう思っているか言ってやるつもりだった。まちがいなく。しかし、いまは意地でもそうしたくなくなった。メアリに言われてなにかするなんて、彼にはできなかった。

おれは、もしメアリに少し腹を立てていなければ、彼女のことをかわいそうだと思っていただろう。

「なるほど、そう思うのはもっともだ」親父は嘲るような調子で言った。彼の頭は、七面鳥のようにのばした首の上でまえへ突き出された。

メアリはなにも言わなかった。さっき口から言葉が出たとたん、彼女は腹痛でもおこしたように体をふたつ折りにしはじめていた。

「あの男になにかがおこって、おれが彼女にそのことを伝えなきゃならなくなったら」と、親父は自問自答して自分を納得させるように、言った。「おれが父親のことをけなしたら、彼女はどういう反応を見せると思う？　おれに対して意地悪でかたくなな態度を取るようになるか？　おれがそんなことを望むと思うか？」

よい自問自答だった。その葛藤をぜひおぼえておいてほしいと願った。「親父が言おうとしてることは正しいよ」おれは言った。「親父は千パーセント正しい」

「もちろんだ」彼はうなずいた。「よっぽどのばかでないかぎり、そんなことはわかる。考えてみれば、オンタイムのやつはいまごろ死んでいるかもしれん。ひょっとしたら、今週も生きのびられないかもしれん。そして、尻軽な女の子が農園の経営なんかしたがると思うか？」

「そうだな」おれは言った。

「なあ、彼にはなんだっておこる可能性がある」親父はつづけた。「だれかがあの偉そうなやつの鼻をへし折ってやろうとするかもしれないし、やつがいたずら好きの馬から転がり落ちるかもしれないし、あるいは……」彼はそこで口をつぐみ、メアリに反駁されたかのように彼女をにらみつけた。「そんなことはおこりっこないと言いたいのか？おれが自分でなにをしゃべっているかわからないと思うのか？」

「い、いえ、そ、そんなことないわ」

「そのほうがいい」彼は顎を突き出した。「セーターを取れ、トム」

「はい」おれは言った。

4

おれは十九歳で、法律によればまだ一人前ではない。しかし、一人前になったら、そうでなかったころの自分を思い出そうとするとけっこう時間がかかる。考えて行動し、労働に励む男になったら。

綿の栽培がさかんな地方では、人間ははやく成長するか、まったく成長しない。揺りかごから出るとほとんど同時に、子供ではなくなる。クッキーではなくコーンブレッドのことが気になり、就寝まえのお伽噺ではなくベッドの寝心地のことが気にかかる。いつももち運べるより少し重いものをもとうとするようになる。つまり、いつも少し背伸びをするようになる。だから、気を張っていないと、しくじってしまう。だらだらしていてはだめだ。さもないと、取りのこされる。

おれたちはだまって歩いた。どちらも歩きやすい道路の両側の端を歩いた。枯れて茶色になったバミューダ・グラスが靴にあたってこすれた。初霜がおりる気配が大気中に感じられた。畑では、枯れた綿の木が眠そうにこうべをたれていた。

はやく独り立ちした男になりたいと願うのは、親父に対して誠実であるように思えなかった。彼が死ぬことを願うようなものだからだ。死ぬまで、親父はおれを意のままにしたがるだろう。だから、おれは願わなかった――ドナのことを考えたときも。願うことを慎しみはしたが、考えずにはいられなかった。

親父は借地をどうすることもできないだろう。しかし、できたとしても、なにも変わらない。おれたちはもっとましな食い物にありつけるかもしれないし、もっとましな恰好ができるかもしれないし、おれは大学へいけるかもしれない。だが、根本的に事態が改善されるわけではない。おれはあいかわらず親父の息子で、彼が気に入るように行動し、彼が気に入らないことはなにもしないだろう。

そうすることがおれの義務だった。

おれは考えごとにはまっていたので、彼がしゃべっても数秒耳にとどかなかった。言葉が頭に入るのに、それくらいかかった。

「なに?」おれは言った。「いや、おれは親父についていきたかったんだよ」

「ほんとうか?」

「もちろんさ。あたりまえだ」

親父は疑わしそうなうめき声をもらした。「だが、もしかしたらおまえを連れてくるべきじゃなかったな。おまえのためになること以外、おれはなにも望んでない。おまえは並以上の人間になるだろうから、おまえをトラブルに巻き込むわけにいかん」

「おれはだいじょうぶだよ」おれは言った。

「おれは、トラブルだろうとなんだろうとかまわん。ずっとまえ、おれは主に罰せられて、贖い以外なにものこっていない。おれは生きる免許を失ったんだ。主エホバが正当な憤りで免許を取りあげ、おれはもう主の心象のなかに住まうことができない。主はおれに苦行をおあたえになって……」

彼はぶつぶつ話しつづけ、おれはときどき適当に短い相づちを打ったが、ほんとうは話を聞いていなかった。いろんなふうに脚色した同じおしゃべりをもう千回も聞いてきた。彼からも、引っぱっていかれた田舎の伝道集会でも。仕事がいっぱいあるのに金がほとんどない者たちが、どうしてそんなに多く神の掟にそむけるのか、おれにはまったくわからなかった。だが、みんな掟にそむいているようだった。

農園へつづくハコヤナギの長い木立までできた。おれたちはそれから出て立ちどまり、支柱のあるポルティコ付きの大きな白い家を見つめた。親父が息を呑む声が聞こえた。ふたりとものろのろ道路を進むと、両側にヒマラヤスギが立つ砂利を敷いた私道に出た。

親父はまた足をとめた。

彼はおれを見つめて、なにか待った。おれになにを言わせたいのかわかった。

「裏へまわったほうがいいかな、親父?」

「なんのために? 正面から近づいていっちゃいけないか?」

「裏へまわったほうがはやいよ、きっと」おれは嘘をついた。「彼のためにおれたちが面倒なことをしなきゃならない理由がわからないよ」

「ああ。だがな……」

「とにかく、彼は家に入るまえに遅い見まわりをするだろう。彼を畜舎のところでつかまえられるよ」

最初からそうするつもりだったかのように、親父は折れた。おれたちは私道を歩いて裏へまわり、裏庭を横切って付属の建物へむかった。付属の建物はいっぱいあり、みんな白く塗られていて、まるで小さな都会のように私道に沿って広がっていた。酪農納屋、養豚場、養鶏場、薫製小屋、用具小屋、鍛冶屋ショップ、畜舎……

そこで彼を見つけられるとはほんとうは思っていなかった。おれは黒人の使用人をひとりつかまえ、伝言をもたせて彼を家に送り込むつもりだった。しかし、本人がきた。

マシュー・オンタイムが。おれたちが畜舎の扉の数歩まえまできたとき、大きな鹿毛の乗用馬を引いて彼がドアから出てきた。

彼はおれたちを見て足をとめた。それから馬の手綱を放しておれたちに近づいてきた。

マシュー・オンタイムはおそらく親父と同じくらいの年だったが、二十歳も若く見えた。着ているスエードのジャケットの下で肩が広く見えた。帽子はかぶっていなかった。たっぷりあるが散髪した頭髪はドナの髪のように黒かった。歯は白くて歯ならびがよかった。彼はコーデュロイの乗馬ズボンをムチでたたきながら、娘と似ている声で快活にしゃべった。

「ミスター・カーヴァー」彼は、おれたちにうなずいた。「トム」

とても慇懃だった。親父にミスターを付けて呼んだが、本気で敬意を表しているのではないかもしれなかった。親父に対するふだんの態度を知っていれば、たんに保身のためにしただけかもしれなかった。彼のような男はミスターを付けられて然るべきだろうが、だれにでもミスターを付けるのは相手をあやつる唯一のやり方だった。

「挨拶に寄ったんですか、それとも」——言葉にはかすかにトゲがあった——「なにか用事で？　せかしたくはないんですが、わたしはちょうど……」

「油のことだ」親父は言った。

「油？　灯油のことですか？　お宅に灯油が必要なんですか？」

「いや、そういうことじゃない」親父は言った。切り出し方をまちがえて、ばかみたいに聞こえたことを彼は知った。それで、彼は猛烈に腹が立った。「あんたのせいで掘り出せないおれの土地の下に埋まってる石油のことを話してるんだ！」

「なるほど。思いちがいでした。でも、その件についてわたしの立場は説明したと思うが」

「きょう、べつのオファーを受けたんだ。一エーカーに付き二千五百ドルだ。八分の一の使用料で、現金で二万五千ドルだ」

「それで？」

「それで」親父はオウム返しに言った。「それしか言うことはないのか。いい、それで、としか？　おれはこれ以上畑仕事に魅力を感じないし、トムのためにしてやれることがなにもない――おれのことはさておいても、トムを並以上の人間にしてやりたいんだ――だが、おれにはなにもないし、石油を掘らせる以外かせげる手段がまるでない。なのに、あんたはそこに突っ立って〝それで？〟って言うのか！」

マシュー・オンタイムはムチを振るのをやめた。このときはじめて、彼は同情的な振りをやめてほんとうに同情的な声を出した。「ねえ、ミスター・カーヴァー」彼は言った。「わたしはあなたの気持ちを理解するし、その気持ちに同情しますよ。でも、あなたの問題には解決策がきっとあると思う。六十世帯が生計を立てている五千エーカーの農園を油田に変えてしまう以外にね。トムは、優秀な学徒だ」――彼はおれに笑いかけた――「ああ、きみの評判は知っているよ、トム……」

「どうも」おれは礼を言った。

「彼はきっと奨学金と学生ローンをもらえますよ……」

「そしたら、農場はどうなるんだ？　彼の手伝いがなくてどうやって農場をやっていけばいいんだ？」

「あなたはいまわたしのために四十エーカー収穫していますよね？　それを二十エーカーにまで減らせば、わたしは減った分を補うようにします」

「お恵みなんかほしくない」親父は言った。「自分たちがもらう権利がある分だけもらえばいいんだ」

「それじゃあ……」マシューは逡巡した。「自分の土地十エーカーにあなたはいくら払いました、ミスター・カーヴァー？　一エーカーにつき五十――五十五ですか？」

「五十だ。でも……」

「わかっています。あなたはずいぶん努力をしてきて、驚くほど成果をあげてきた。だから、こうしましょう。あなたは満足していなくて、即金が必要なわけだから。あなたの望むだけの土地でわたしと農業をつづけていけるんなら、十エーカーの土地を引き取りましょう。百二十五で――いや、一エーカーにつき百五十ドルで引き取りますよ」

「百五十ドルだって！」親父は声を張りあげた。

「ええ。フェアだと思います。そう思わないか、トム？」

フェアなんてものじゃなかった。だが、そう言うつもりだったとしても、そのチャンスがなかった。

「フェアだと！」親父は叫んだ。「一エーカーにつき二千五百ドルのオファーを受けたってさっき言ったばかりじゃないか！」

「でもそれは石油の採掘権の話だった」マシューは子供に話しかけるように慎重に言った。「農地ならそんな額になりませんよ」

「もちろんならないさ！　石油採掘のために貸してくれっていう話だったんだから」

「でも……」マシューはじれったそうに、短く笑い声を立てた。思うに、本人が感じているほどじれったくはなかったろう。彼は手をうしろにまわし、馬の手綱をつかんだ。「思いませんか、ミスター・カーヴァー？」と、彼は言った。「ちょっと自分勝手すぎると」

「二万五千ドル望むことのどこが自分勝手すぎるんだ？　おれにも望む権利くらいあるだろ？　あそこはおれの土地だろ？」

「そして、その周囲の五千エーカーはわたしの土地です。あなたの勝手を押しつけられても……」

「いや、勝手なことなんか言ってない！　筋のとおった常識的なこと以外あんたにはなにも期待してない！　あんたには金なんか必要ない。あんたは自分の金をもってるし、ほかのやつが無一文だろうがなんだろうが気にしないんだ！」

「ねえ、ミスター・カーヴァー……」

「くそ食らえ！」

「お願いだ。あなたは折り合いをつけようとしてここへやってきた。だったら、ちゃんと話し合って……」

おれはかなり戸惑いを感じた。戸惑いと同時に不安を感じた。マシュー・オンタイムは小作人はもちろんほかの者から搾取する必要などなかった。それに、彼はそんなことをする人物ではなかった。いままでは。おれはいぶかしく感じながらかぶりを振り、堂々とまっすぐに立つ彼を見つめ、彼の黒い目の輝きや歯並びのいい白い歯を見つめた。やがて、理由がわかった――彼が親父に冷たくする唯一の理由が。おれはとても幸せな気分だったが、同時に悲しくもあった。それに、こわくも。

ドナのタイヤを修理した日に彼女がどんなふうだったか思い出した。クールで、快活だったかと思うと、つぎにはひどく攻撃的になった。

「……唯一現実的なことはですね、ミスター・カーヴァー。ちっぽけな土地にどれくらいの意味があるかってことですよ。農耕地。無条件相続地として所有された土地。あなたはその土地を世話することができ、土地はあなたの面倒を見る。わたしが平均的な取り分よりずっと多くを手にしていることはたしかだが、しかし――いや、ある意味では、そこが重要ですね？　もっと収入をふやすために、どうしてわたしが生き方を変えたり、自分の主義をまげたりすべきなんです？　だから……」

「ああ、だが、おれは……」

「最後まで言わせてください。この問題をいろんな角度から検討してみましょう。石油の掘削のために掘られた土地を、もとの農地に戻すには何年もかかる。ときには農地に戻せないこともある。なんの価値もなくなり、侵食され、石油と塩水でぐしゃぐしゃになる。その土地で農業をしていた者はどうなります？　この農園で働いていた六十家族はどうなるんです？」

親父はうなるように言った。「連中がどうなるのかおれがなにを心配する？　貧乏白人と黒人と混血の一団にすぎん！」

「なるほど」マシュー・オンタイムはゆっくりと言った。「きみもそういう態度を取るのかい、トム？」

「おれに話せ」親父はぴしゃりと言った。

「わたしはトムに話しているんだ。どうなんだ、トム？」

おれは待った。親父が頭をぐいとかたむけた。「言ってやれ、トム。やつに答えてやれ」

「そうです」おれは言った。言葉を絞り出した。「おれの態度も同じです」

「それは残念だ。でも、しかたがないな。それじゃ、失礼させてもらうよ」

彼は、馬のほうへ向きを変えた。親父はさっと近づき、彼の腕をつかんだ。「話はまだ終わっちゃいないぞ……！」

どうなるのかわからなかった。あっという間だった。親父は飛びあがり、下におりたときにはもともと立っていた場所から二ヤードもはなれたところにいた。彼は自分の足でまっすぐ立っていたが、荒い息遣いをしていた。

「どうやら」と、マシュー・オンタイムはおとなしい口調で切り出した。「わたしの話もまだ終わっていないようだ。これからはもうわたしのために農業をしなくていいよ、カーヴァー。あんたが収穫している四十エーカーはほかの借地人たちに補ってもらう」

「で、でも、おれは……」

「あんたがどうなろうと知らんね、カーヴァー。だが、今夜以降わたしの土地であんたを見つけたら、不法侵入者として扱う」

彼はぶっきらぼうにうなずき、鞍頭に片手をおいた。親父が金切り声で叫んでいた。「薄汚い混血野郎め！　黄色いのと黒いのが混じった野郎！　きさま……！」マシューは馬にまたがった。馬は向きを変え、後ろ足で立ったから、蹄が空中高くあがった。親父はうしろによろめいて倒れ、金切り声をあげながら転がったが、もう悪態はついていなかった。蹄が着地し、もうすこしで親父に当たりそうになった。蹄はふたたび空中にもちあがった。

おれはわれに返り、飛び出した。

両手を広げながら走り、飛び跳ねた。すると、マシュー・オンタイムはサドルから落ちたから、おれは彼に馬乗りになった。おれは一回、二回と拳で彼をなぐった。それからよろめきながら立ちあがり、うしろにさがって彼を、彼女を見おろした。見つめていると彼は上半身を起こし、顔から血をぬぐった。

「なにしてるんだ？　いったいどうしちまったんだ、ばか野郎！」

親父がおれの腕を揺すっていた。そして、おれを道路のほうへ引っぱった。「こい、どあほう！　ここでぐずぐずしてると……」

納屋の前庭にある投光照明がぱっとつき、ドアがいっせいにあき、重い足音がおれたちにむかってきた。

おれたちは走った。

5

雨は夜通し降り、朝になってもまだ霧が立ちこめていた。しかし、親父は朝食をかき込むとすぐ町へ出かけていった。マシュー・オンタイムはプライドが強すぎて、おれたちを警察に訴えることはしない、だからすぐには町へいかない、と彼にはわかっていた。オクラホマでいちばん金持ちのひとりを自分たちがたたきのめした、と触れまわることができた。おそれることなどなにもなかった。

なにかトラブルがおきることを半ば期待しながら、おれはいつもよりはやく学校へいった。この気持ち、わかってもらえるだろうか——わかってもらえないかもしれない。ひどく気分が悪く、寄る辺ない気分のとき、だれかに神経を逆なでしてもらいたくなる気持ちはわかってもらえないかもしれない。神経を逆なでされれば、相手の気分も悪くする言い訳ができる。

ふだんなら、少なくとも土になにも育っていない冬場には、おれは郡道まで畑を横切っていく。しかし、その朝は、ドナが家までおれを車で送ってくれた農園の道路を迂回していかなければならなかった。不法侵入に関してマシュー・オンタイムが本気で言っていたことに疑いの余地はなかった。農園に関するかぎり、彼が法律だった。実際、彼の下で働いているふたりの監督官は、保安官助手の権限を有していた。盗みの現行犯などでつかまらないかぎり、彼らに法廷へ引きずっていかれることはなかった。しかし、法廷へ引きずっていかれるほうがましだ、と思わせられることも多々あった。

おれは霧のなかを歩いた。セーターが湿った。まっすぐ前方を見ていると、スクールバスを待っている黒人の子供たちとすれちがった。おれと距離が充分はなれると、彼らはおれの背中にむかってなにか叫んで寄こした。こわごわからかっているような声だった。しばらくすると、おれのまえの草むらに土のかたまりが落ちてきた。だが、おれはうしろを振り返らなかった。体のなかの疼きが増していったが、白人が黒人の子供に手を出したらどうなるか思い出さずにいられなかった。

郡の交差点近くまできたとき、ネイト・ラヴァティがおれにむかって口笛を吹いた。そして、彼と兄弟のピートが自宅の小屋から駆けてきた。ふたりは大きくてやせていて、出っ歯だった。年はおれと同じくらいだが、学年はおれより数学年下だった。ピートは、おれがどうしてセーターなんかにくるまっているのかと訊いた。彼もネイトもセーターを着ているのを見たことがなかった。女みたいだ、と彼は笑った。

「おまえたちはセーターをもってないんだ」おれは言った。「そのぼろ切れみたいなオーバーオールとズタ袋みたいなシャツしかもってないんだ」

ネイトはしかめっ面をした。ピートは、おれの言ったことが聞こえなかったかのような態度で唾を吐こうとした。すると、歯がじゃまして、唾が顎にかかった。

「なんてざまだ」おれは声を立てて笑った。「もしおれが畑仕事を手伝ってなければ、うちはおまえたちより貧しかったろうよ」

「どういう意味だ、おれたちより貧しいって?」ピートが言った。「おれたちの暮らしぶりは上々だぜ」

「くたばれ!」おれはどなった。彼らは驚いて、口をつぐんだ。おれが一度も大声で人をなじったことがないことを、彼らは知っていた。「くたばれ!」——このときは人をなじることなどかんたんだった——「いちいち突っかかるんじゃない!」

「なあ」ピートが言った。「あんた、虫の居所でも悪いのかい?」

「おれ——親父とおれは、マシュー・オンタイムとやり合ったんだ。やつは、おれたちから土地を奪おうとしている」

「へえ?」ふたりの目が大きく見ひらかれた。「どうして?」

「どうしてって、やつがいやな野郎だからさ!」

「ミスター・オンタイムが? だれかほかの人のことを言ってるんじゃないのか?」

「くたばれ、おれが言ってるのは……」

「いや、いや」ピートがきっぱり言った。「あんたはだれかほかの人のことを言ってるにきまってる。ミスター・オンタイムほどフェアな男はほかのどこにもいないぜ!」

おれたちはいっしょに歩きつづけたが、やがてふたりはおれからじりじりとはなれはじめた。だが、黒人のスクールバスが近づいてくると、三人はまた寄り集まった。おれたちは道路わきに寄ってバスを避け、そのあとバスのうしろからいっしょに悪態をついた。黒人たちほど白人たちをひとつにまとめるものはない。自分たち自身がどんなに卑しかろうが、白人にはいつだって見くだして罵れるものがあるのだ。

「黒人のろくでなしどもめ……」

「やつらがのしてきたら、白人は生きていけなくなる……」

オクラホマは南部だ。それは指摘していいだろうが、オクラホマは同時に西部でもある。深南部ではない。黒人たちは選挙をボイコットすることなどないから、ある意味で〝黒人差別法〟は公正につくられたものなのだ。そしてその法律によれば、ある地方で

〝少数派〟に与する人種は〝分離された〟学校へいく。言い換えれば、学校税の多くの部分は多数派の人種のもとへ還元される。少数派はおあまりをもらうことになる。そして、この地区で白人は少数派なのだ。

もちろん、もしすべての金が学校組織で均等に使われれば……

しかし、その朝おれたちはそんなことを考えていたのではなかった。彼らだって同じだから、おれはそのことについてひとことも言わなかった。

おれは、ネイトとピートとともに黒人を罵った。学校のグラウンドにつくまで、三人は黒人を罵っていた。

霧雨が降っていたせいで、学校の建物のドアはあいていたから、おれたちはなかへ入った。ふたりは、最初の踊り場でおれとはなれた。彼らの教室がその階にあったからだ。おれは、二階まで階段をあがった。すると、ミス・トランブルがおれを待っていた。

彼女は、笑いを浮かべて話しかけてきた。彼女の鼻眼鏡のレンズは光を反射していたので、目を見ることはできなかった。彼女はしかつめらしい、かなり厳格な老婦人で、多くの生徒たちが彼女を好きでなかった。しかし、彼女はいつだっておれにはとてもやさしかった。

「いっしょにレッドバード先生のオフィスへきてくれる、トマス？　あなたがきたらすぐ校長室へいくと先生に伝えてあるの」

「なんのためです？」おれは言った。「おれはなにもしてませんよ」

「ええ、わかってるわ。レッドバード先生もわかっているし、わたしもわかっている」

「だったら……」

「きてちょうだい、トマス」彼女はおれの腕を取った。おれはついていった。

校長室に入ると、彼女はドアを閉めた。校長は彼女に笑いかけ、おれにはウィンクした。おれたちはデスクの反対側に腰かけた。

彼は色浅黒く、髪も目も濃い色だった。彼は校長であると同時に、理科を教えていた。そして、おれたちの関係はいつだって良好だった。

「トム」彼は笑いを浮かべた。「じつはきみに対して苦情がきているんだ。うちの守衛のミスター・トゥーレイトが言うには……」

「彼がなんと言ったのかはわかります。彼をここに呼んで本人の口から言わせたらどうなんです？」

「そうだが……」

「ひどいわ！」ミス・トランブルは舌を鳴らした。「嫌がらせをされているトマスが責められるなんて」

「彼が嫌がらせをされていいわけはない」レッドバード校長は肩をすくめた。「だが、あの男をまったく無視するわけにもいかないし――トム、いったいどうして彼ともめたんだ？　なんだか手癖が悪い行為がおこなわれたとか……」

「ええ。でも、あいつがどんな男かご存知でしょう！」

「ああ、いろいろ思うところはあるよ。なにがあったのか話してくれ。きみはエイブをからかっていたのか――彼を怒らせようとしたのか？」

「あいつはおれになれなれしい態度を取ろうとしたんです」おれは言った。「だから、あの薄汚い混血野郎をびびらせてやった！」

「トマス！」ミス・トランブルが言った。彼女の顔は引きつっていた。

しかし、レッドバード校長は笑いを浮かべつづけていた。「きみはポケットになにも入れなかったんだろう、トム？」彼は言った。「そうだと言ってくれればそれでいいんだ」

「彼の言葉よりおれの言葉を信じてくれるんですね！」

「もちろんそうだ」

おれはためらった。だが、気分はかなりひどく、抑えきれなかった。「そうでしょうとも！　先生は自分と同じ人種じゃないほうにつくんですね！　なんにしろ、どうしてなにごともなかったように見せようとするんです？　どうして自分の名前をちゃんと書かないんです――赤い鳥《レッド・バード》って？――自分を白人として見てもらいたいんですか？　どうして……」

「出ていきなさい」校長先生は言った。「出ていきなさい、出ていけ、で、出て……」

ミス・トランブルが目のまえで椅子から飛びあがった。彼女はおれを引っぱって立たせ、くるりと向きを変えさせて、おれをドアから押し出した。小柄な老婦人にしてはすばやくて、たくましい動きだった。

「教科書をもっていきなさい、トマス！　あなたは無期限の停学です」

「教科書なんてくそ食らえだ」おれは言った。「おれはもう戻ってこない」

そしておれは階段を駆けおり、校舎から出た。うしろから彼女の声がかすかに聞こえた。「トマス！　トマス・カーヴァー！」そのとき、一時間目の授業のベルが鳴りはじめた。ほかの音はなにも聞こえなかった。ベルの音は、道路に出るまでおれを追いかけてきて、おれはその音をかき消すために耳を両手でたたかなければならなかった。

ふだんドナが車をとめている柳の木の下にある涸れ谷まできた。おれは木の下へ歩いていき、しゃがんで岩に寄りかかった。しばらくそこにすわっていれば、もしかしたら昼までに彼女が現れるかもしれないと思いながら。何度か彼女はそうしていたからだ。彼女は十二時ちょっとまえに車で学校にとおりかかり、クラクションを鳴らす。おれは正午になったら走ってそこへいき、半時間ほど彼女といっしょにすごす。だが——だが、きょうは彼女がここへくると思えなかった。

きょうもこれから以後も。

おれは家へむかった。霧雨が冷たい雨に変わった。おれはたちまち濡れそぼったが、ほとんどそれに気づかなかった。どうでもよかった。

ドナ。ドナ……

「なあ、おい、坊主。もう二度とするな」

「でも、おれはできた！　ゆうべあそこでへまをしたけど……」

「ああ。だが、もしかしたら今度はケツを銃で吹っ飛ばされるかもしれないぞ！」

「やるしかなかったんだ！　なんにしろ、彼女はおれの言い分に耳を貸してくれるよ。少なくとも、聞いてくれる。女ってものは、心を許す男にだけは耳を貸すもの……」

「耳を貸す？　彼女になんて言うつもりだ？　ゆうべおまえが気持ちを抑えていたらどうなった？――彼女が父親におまえのことを褒めていたとしたら？　そうしたら、おまえはなんて言うんだ？　うちの親父なんかくたばれ、って？　自分は自立した男だ、って？　なんでも言ってくれ、そしたらおれはなんでもやる、って？」

「おれは――たぶん」

「そうはいかないよ、坊主」

「待て！」おれは叫んだ。「たぶん、おれはやる」

身を震わせた。悪い夢からさめたようで、ちょっと気が安まって楽になった。おれは目から水をぬぐった。水は、たぶん雨だろう。おれは走りだし、家までずっと走った。

ポーチで足をとめ、靴についた泥を蹴り落とした。そして、メアリが敷いておいた麻袋で靴の裏をこすった。キッチンへ入っていった。

「どうした？」親父が言った。「おまえ、家でなにしてる？」

彼はジーンズの裾を巻きあげて腰をおろし、水が入った平鍋に足を入れていた。ひどく機嫌が悪そうだった。マシュー・オンタイムが当然の報いを受けたことを吹聴するいい機会がなかったのだろう、と思った。

「家でなにしてる?」彼はくり返した。「なんで学校にいない?」

おれはメアリを見たが、もちろん助けは得られなかった。彼女はいまにも卒倒しそうに見えた。

「おまえ、なにかもめごとをおこしたのか? そういうことなのか?」

「そ、そうだよ」

「学校を追い出された?」

「どうだっていいじゃないか」おれは言った。「だからどうだっていうんだい、親父? おれたちはこの十エーカーの土地にいられないんだ。農業をする新しい場所をさがさなくちゃ……」

「学校を追い出されたんだな。追い出された。おれは、おまえを誇りに思えるまで育てあげてきた。なのに、おまえはそれを無にして後戻りした。全能の神が見守ってくださったのに、おまえは神にそむいた。神のご意志を踏みにじったんだ」

「親父」おれは言った。「どうすることもできなかったんだ。だっておれが……」

「聖書に曰く、神は我に石をおあたえになり、我はお返しにパンをもっていくことになった。だが、おまえは神のご意志にさからった」

彼が片手をさし出すと、メアリがタオルをもってあわてて進み出た。彼は平鍋から片足を、ついでもういっぽうの足を出し、指のあいだまでていねいに拭いてかわかした。そして立ちあがり、椅子にタオルを落とすと、寝室に入っていった。出てきたときには、馬の尻をたたく長いムチをもっていた。

「壁にむかって立て」彼は言った。

メアリは小さくうめき声をあげ、つけていたエプロンで顔を覆った。親父は彼女に一瞥を投げ、ムチをしならせた。彼は、おれにむかって頭をぐいと突きだした。

「おれの言うことを聞いたほうがいいぞ、坊主」彼は言った。「さっさと言うことを聞いたほうがいい」

そうするつもりはあった。もう傷ついている以上におれを傷つけることはできないし、おそらくおれはますます彼から遠ざかるだろう。ほんとうは必要としているのに。もしかしたら、ドナに言おうとしていることがはっきりするかもしれない。もしまた彼女に会うことがあるならば。

しかし――

しかし、おれは彼に行動を促すことができなかった。彼がムチを振るうのを許すことは、逆に意地悪になるだろう。ほんとうのことがわかったら、彼がどんな気持ちになるかわかっていたからだ。彼がひどくいやな気分になることはわかっていた。逃げだすつもりならそれもいい。だが、それなら逃げおおせなければならない。とにかく、おれにそうさせるよう仕向ける意地悪を彼にすることはできない。

「親父」おれは言った。「おれはなんにもしてない……」

「壁に面とむかえ！」

「でも、おれはなんにもしてない！」

彼の腕が弧を描くようにすばやくもちあがり、ムチがヒュンとうなって飛んできた。それはおれの首に巻きつき、彼がぐいと引っぱると、おれは倒れた。ひっくり返ったが、四つん這いになって両手と両膝をついた。ムチがほどけると、彼はまたそれを振りまわした。

痛かった。ムチで打たれればいつだって痛い。ただし、今回は痛み以上のものを感じた。邪悪さを感じて、吐き気に襲われた。はやくムチ打ちをやめさせたほうがいいことはわかっていた。自分が感じているのは憎悪にちがいないとふと思い、そう思うと吐き気がして、こわくなった。どんなにうわべだけそれらしく見せかけても、そのときまでほんとうの憎悪とはどんなものかわかっていなかったと思う。どうなれば憎悪を感じるのか、おれはわかっていなかった。

憎悪がこういうものならば、もうこれ以上は知りたくなかった。知らないほうがいいことはわかっていた。

ムチがもう一度背中に振りおろされた——三度、四度。彼は、もう一度振りまわした。おれは起きあがりはじめたが、口の端が切れていた。

おれは立ちあがった。

彼はおれを見つめ、一歩さがった。床を指さしたとき、その手は震えていた。

「そ、そこに這いつくばってろ、坊主」

おれはかぶりを振りはじめた。それから、うなずいた。「わかったよ」おれは言った。

「そうしてほしいんならな」

「反抗的だな。おれに反抗するなんて……」

「かってに言うがいい」おれは言った。「好きなように言うがいいさ。ムチを振るうよりそのほうがかんたんだろうから」

「おまえ」——親父はもう一歩さがった。おれがにじり寄ったから、そうせざるをえなかつたのだろう。おれは彼に目を据えながら、無意識にそうした。唇から血を滴らせながら——「いったいどうしたんだ、坊主?」

「どうとでも思えばいいさ」おれは言った。「どうとでも思えよ、親父。どうしたかわかってるだろう。なにもかもうまくいかなくて、いままでもうまくいかなかった。親父はおれをいたぶって運動してるんだろう。やれよ。いまさらやめる必要はないさ」

「言っとくが、坊主。おまえは……」

「やってみろよ」おれは言った。「おれに白状させてみろよ、親父」

彼はすばやくムチを振りあげた。それを頭の上で振りまわすと、ヒュンと音が鳴った。おれはすっかり観念した気分になって、彼にニヤッと笑いかけた。罠にとらえられたアライグマが、脱出のためには脚を嚙みちぎらなければならないだろうと観念したときみたいだった。

おれが笑い声をあげると、ムチが振りおろされた。

ムチは、彼の手から床に落ちた。

「話せ、トム。命令じゃなくて……」

おれは彼の顔に変化が表れたのを見ながら、話した。おそらくほんのちょっといい気分だった。だが、ほんとうは気分などよくなかったので、彼を見つめるのをやめた。おれは早口でわかりやすくしゃべったから、彼もはやく呑み込めたろう。

おれがしゃべり終わると、彼は立ったまま両手を握ったりひらいたりしていた。七面鳥のような首にのった頭が、これまで見たことのないほどうなだれた。それから彼は、おれを見られるように頭をもちあげた。唇が動いた。

「それだけ――それだけのことだったのか、坊主?」

「おれはなにも盗んじゃいないよ、親父」

「ああ――おれが言いたかったのは――おまえはちゃんと話さなかったのか、ってことだ。言わなかったのか――おまえが――おれたちが空腹をかかえていたことを?」

「ああ」おれは言った。「親父に恥をかかせたくなかったんだ。おれは盗人だと思われたってかまわなかった」

彼はうなずいた。彼の顔から苦悩のような表情が消えた。苦悩の表情は彼の顔からおれの顔に移ったみたいだった。おれはすばやく向きを変えると、彼に見られるまえにドアから出ていった。

庭を走って横切り、洗濯物を干すロープをかいくぐり、薪小屋として使っている古い牛舎に入っていった。そして薪に腰をおろし、両手に顔を埋めた。涙を流そうと努めた。けんめいにやってみたが、涙は出てこなかった。憎悪とはなにかを学ぶより涙が出ないほうがつらかった。

いままで生活のよりどころとしてきたものを全部失ってしまうのは、最悪なことだと思う。泣くに泣けない。涙を流したからといってどうにもならないからだ。泣くことに意味があったことなど一度もない。

親父がやってきたとき、おれは顔をあげなかった。彼は戸口のところでためらっていた——彼がそこにいるとわかったのは、外からの光をさえぎっていたからだ——それに、彼は咳払いをした。やがて彼はなかへ入ってきて、敷居をまたいだが、ちょっとつまずいた。それから一、二分後、彼はおれの肩に手をおいた。

「トム」親父は言った。「トミー、坊主……」

おれは少し肩を動かした。彼の手は肩からすべり落ちた。

木くずのなかで、親父は所在なさそうに足を動かした。まもなくまわりが薄暗くなって、彼がドアのまえで後ずさりしていることを知った。彼は広々とした畑を見晴らし、粘土質の赤い土地から視線をあげていって地平線までを見わたした——綿、綿、綿、綿

——それに目をつむれば、彼の目には水平線と油井やぐらの高い列しか見えなかった。鋼鉄の巨人たちは、鼻を鳴らしてくすくす笑うような音を断続的に発していた。綿とそのなかにいるこびとたちを不思議そうにあざ笑っている。息を切らしながら、せっせと金《きん》を吐き出している。

「見ろよ、トム」親父は静かに言った。「こっちへきて見てみろ」

おれはその場から動かなかった。

「聞こえたろう、坊主?」彼は言った。おれは立ちあがった。習慣から、言われるままドアのところへいき、親父のそばに立った。

「見ろよ」彼はささやくように言った。「あれを見てみろ」それから、彼は言った。「に、に、まん、ごせんド、ル!」彼は石油会社の交渉係のような言い方で言った。もう一度くり返して言った。さらにもう一度くり返そうとしたが、声が出なくなって〝二万五までで言葉を呑み込んだ。しまいまで言わなかった。

「いまいましいあいつの永遠の魂」彼は言った。

同じ言葉を、おれは親父にならって言った。

「あいつが悪いんだ! なにもかもあいつが悪いんだ! あんなやつ、生きてる価値がない！」

「ああ」おれは言った。「そうとも」

彼はおれを見つめはじめたが、油井やぐらのほうがすばらしいながめだったと思う。習慣は親父のなかでも強かったということだ。いまいましく思う相手がちがうことに気づいていたとしても、親父はそれをおもてに出さなかった。

6

小作人の家のまわりには娯楽となるようなものがあまりなかった。おれたちの家のように、家屋がふたつあったとしても。一年の大半は戸外ですることがたくさんあったから、娯楽などないのもあたりまえだろう。だが、ときどきただすわってなにもしないでいるのはつらかった。

考えることよりほかにすることがないのはつらい——考えることはあっても——考えてもどうにもならないように思える場合には。

おれたちははやめに夕食を取った。親父はふだんと若干ちがっているように思えた。メアリにきつく当たらなかったし、二度ばかりおれに皿をまわしてくれたりした。皿をまわすぐらいごくあたりまえのことだと思うが、親父にかぎってそれはなかった。以前彼がそんなことをしてくれた記憶はなかった。

夕食のあと、彼は居間へいって、一時間ばかり聖書を読んだ。旧約聖書で、そのなかでは第一級の冒瀆の言葉が人びとにむかって吐かれる。彼は、聖書を黙読していた。声に出して読まなかったが唇が動きつづけていて、彼を見ていればおれも聖書を読むことができた。

ようやく聖書を閉じた彼は、ランプの炎にじっと見入った。それからため息をつき、安物のメガネをはずし、それをオーバーオールの胸ポケットに入れた。

「そろそろ寝るか」彼は言った。「このところ雨つづきの夜の睡眠不足を補うにはいい時間だ」

おれはなにも言わなかった。会話をしようという親父の試みに驚いた。

「おまえはまだ寝る必要なんかない」彼は言った。「好きなだけ起きていろ」

彼は自分でも自分のふるまいに驚いたのだと思う。なぜなら、彼は突然ひょいと頭をさげ、出ていったからだ。屋根付き通路をとおって、ポーチに出ると、一、二分そこにいた——屋外便所まで濡れていくのを避けて、立ち小便をしていたのだろう。やがて彼はどしどし音を立てて家のなかへ入って寝室へいき、ドアをばたんと閉めた。

メアリは長椅子からおれを見やった。「彼、どうしちゃったのかしら?」

「少しはまともなところを見せようとしたんだろう」おれは言った。

「ふん」彼女は鼻を鳴らした。「そんなことしたって見え透いてるわ。いやなやつ。待っててごらんなさい。近いうちにとっちめてやる」

「へえ」おれは彼女の言うことをあまり聞いていなかった。彼女がだれかをとっちめるなんて想像できなかった。逆にやられるのがオチだろう。

「疑ってるのね。でも、ぜったいやってやるわ。斧で脅かしてやる！」

「やめろよ」おれは言った。「そんなこと考えるな、メアリ」

「そうね……方法はほかにもあるわ。彼をとっちめる方法がきっとある」

おれはあくびをして、片手を口に当てた。「どうしてまだ起きてるんだ、メアリ？親父はあんたに迫ってこないよ」

「そうね、でもわたし……わたし……」目がうつろになり、彼女はドレスの首の部分をとめている安全ピンをいじりはじめた。それをさわる指の動きはどんどんはやくなり、彼女の目のなかの光はそれしかなくなった。つまり、ピンのきらめきだけに。

以前、おれは彼女にかなり気の毒な質問をしたことがあった。なぜ起きあがって歩かないのか、と死人には訊かない。

「寝ないのなら」と、おれは言った。「ちょっと訊いていいかい？　おれの面倒を見てくれているあんたがいなくなったら、おれはどうなると思う？」

「そうね」——彼女はピンをいじるのをやめた。「わたしがいなくなったら、きっとほんとにさびしく思うでしょうね」

「ああ、きっとそうだな」おれは言った。

彼女はもともと陽に焼けた顔でかろうじて赤面し、うれしそうな顔をした。それで、おれは思った。逆の場合、彼女はどうだろう？　おれがいなくなったら、彼女はどうするだろう？　だが、どちらにしてもたいしてちがわないだろうと思った。

「おれももう寝るよ」おれは言って、立ちあがった。「あんたはどうする？」

「寝たほうがよさそうね」彼女は言った。

おれは彼女に近寄ってほっぺたにキスした。彼女は一分ほどおれにしがみつき、おれの髪をうしろへ撫でつけた。そしておれに体を押しつけ、頭をまわしておれの胸にあてた。

「トミー……背中をさすってあげましょうか？　痛むところにあてるニワトリの脂肪もキッチンにあるわよ」

「だいじょうぶだ」おれは言った。「もう痛まない」

「わたしにまかせて。むしろそうしたいんだから。あんたにいろいろしてあげたいの」

「だいじょうぶだ」おれは言った。

「わたし――あんたのたのみなら、な、なんでも聞くわ、トミー。……あんたにたのまれたら、なんだってする」

「おやすみ」おれは言って、彼女の尻をぽんとたたき、自分の寝室に入っていった。ドアを閉めて、ベッドに腰をおろした。つぎの瞬間、おれは息をとめていたことに気づいた。靴をぬぎ、ベッドに体をのばし、ベッドの中身のトウモロコシの毛がガサガサ音を立てないようにしばらくじっと横たわった。

窓がひとつもなかったから、暗かった。唯一の光は、ドアの下のすき間から入ってきた。彼女の靴が立てる床の軋む音がして、明かりがほとんど消えた。彼女が灯心を低くしたことがわかった。だれかが起きてきたときのために、ふだんどおり夜間用の明かりだけになった。しばらくして、彼女の寝室のドアが閉まり、彼女がぬいだ靴を床におく小さな音がした。彼女のマットレスが軋んで、ガサゴソ音を立てた。

ガサゴソ、ガサゴソ。おれはほとんど息をとめて、じっと横になっていた。しばらくすると、部屋の仕切りをこする小さな音がした。彼女がささやいた。

「眠ってる、トミー?」

そして。

「わたし、ぜんぜん眠れないの。まったく眠れないのよ、トミー」

そして。

「お願い、トミー。ねえ。なんて言っていいかわからないけど。わたし、待ってるのよ、待ってるの、ま、待ってる……」

おれは目をつむった。おれに対するメアリの態度に、ドナは最初から薄々感づいていたのではないかと思った。おれは毎日メアリといっしょにいた。おれが気づくまえから、彼女の性的アプローチはおれにそそがれていたのだ。女というものは、そういう直観が働く。きっとはじめてドナを見たときからメアリは感づいていたにちがいなかった。たぶん、それがメアリに火をつけたのだ。それは、彼女が待っていたサインだった。彼女はひどく抑圧されていて、なにかをはじめることがなかなかできなかったが、いったんはじめてしまえばがむしゃらだった。

「トミー……」薄い仕切りは、彼女が押すたびに軋んだ音を立てた。「わたしたち、いまいるところにとどまっていられるのよ、トミー。立ちむかうの。立ちむかえば、あの人は百万年かかったってわたしたちを思いどおりに操ることなんかできないわ。トミー」――彼女は板を引っかいた――「ナイフを取って、トミー、そして――」

あきらめて眠ってしまうまで、さらに二時間くらいメアリの独白はつづいたにちがい

なかった。彼女はいびきをかきはじめたが、おれはさらにしばらくじっと横たわってい
た。自分がなにをしようとしているかわかっていたが、なかなかその一歩を踏み出せな
かった。習慣をやめるのはむずかしいものだ。

親父に立ちむかう？　それを抑制している自分に腹が立った。だが、親父がわかって
いるかいないかべつにして、おれはもうすでに親父に反抗していた。そして、今後もそ
うしていくつもりだった。

雨のせい？　以前雨にずぶ濡れになったことはあったが、それで気持ちが萎んだりし
なかった。いずれにせよ、雨はもうやんでいた。

どうやってドナと話をしよう？　こんな夜に外で彼女と会うわけにはいかないだろう
が、彼女の部屋をおれは知っていた。家の南の棟の階下。彼女は一度からかうように教
えてくれたのだ。その気になったら会いにきてもいいわよ、と思わせぶりに。

オンタイム家の雇い人のだれかに見つかったらどうする？　見つかったら見つかった
でいい。どうせなにもできやしない。

おれは両足を床におろし、靴を見つけようとして床をさぐった。靴を見つけると、両
方の靴のひもを結び、それを首にかけて立ちあがった。

メアリのいびきとドアの軋む音が重なるように、ドアをあけた。閉めるときも、いびきと重なるようにした。そして、忍び足でポーチの扉へむかった。ポーチの扉が音を立てずにあくと、道路までかがんで走った。足の裏についた濡れた雑草を拭き取り、靴を片方ずつ跳ねながらはいた。靴をはくと、歩きはじめた。

二マイルという距離は、ぬかるんだ郡道ではかなり歩きづらかったが、ほとんど平らな地面を歩いているようにすいすい歩いた。

なんでも言ってくれ、きっとやるから、ドナ。おれをなんとでも言ってくれ、それを認めるから。お父さんにも謝る。彼になぐられてもかまわない。畝を指さしてくれ、ドナ、そこを耕すから。彼女は恨みなんかいだいていないだろう。

ハコヤナギの茂みまできて、そのなかに分け入り、端のてまえまできた。それから、芝生をかこんでいる木や低木のうしろに隠れ、右にまがった。家と平行に動き、花壇と境をなしているカーヴした垣根まできた。おれは家へむかってかがみながら垣根に沿い、端まできた。

しゃがんで、彼女の部屋の窓を見つめた。とても近かったが、それでもまだ距離はあった。

おれは思った。「出てきてくれ、ドナ。たのむから出てきてくれ。お願いだ、たのむから出てきてくれ、ドナ」

けんめいに願ったつもりだった。すると、窓のひとつになにか動くものを見たような気がした。あれはぜったい彼女だし、彼女はおれがいることを知っているのだ、とほぼ思い込んだ。

だが、待った。彼女は出てこなかった。そしておれは、ただ願うだけでは彼女を動かせないだろうと思った。それで、道から小石をひろい、ポケットのなかに入れ、腹這いになって這った。低木の下を這っていき、家にほど近い最後の身の隠し場所までたどりついた。そこからなら石を投げられる、と思った。しかし、先にちょっと休まなければならなかった。ずっとかがんで歩き、這ってきたので時間がかかり、すっかり息があがっていた。

両手に頭をのせて腹這いのまま休み、体をのばした。自分がひどく濡れていると感じはじめた。ひどくぐしょ濡れで、よごれている。おれは両手を地面につけて体を起こし、濡れたまま体を震わし、立ちあがった。そして低木の陰からのぞこうとして、体をまげた。すると、寒波に襲われたように、体が凍りついたように思えた。

うなじの髪が逆立った。胃が股のあいだまでさがってきたように思え、胸が肺のまわりで縮んだ。

おれは身じろぎもせず立っていた。動けなかった。やがて、動けるようになると、体をまわした。すると、そこに彼がいた。あまりにも近くにいたので、触れようと思えば触れることだってできた——触れる気になれば。

雇い人のひとりだった。体の大きな混血で、みんなにサンダウン酋長と呼ばれている男だった。ただし、彼はほんものの酋長ではなかった、もちろん。彼は下着のシャツの上に革のジャケットをはおっていた。そして、長くて黒いムチを肩にかけていた。

彼のうしろ、ちょっと片側に寄って、ドナがいた。白い部屋着を腰のところできつく締めた姿で。

男がそちらを見ると、彼女はうなずいた。男はさがり、遠くの低木の陰に隠れて見えなくなった。彼女はまえへ進み出た。

「どういうことよ?」彼女はぴしゃりと言った。灰のように白い顔のなかで、目が黒い石炭のように見えた。「ここでなにしてるの?」

「お、おれ」——おれは微笑もうとしたが、顔があまりにも引きつっていた。「おれ、きみに会いたかったんだ、ドナ」

「だとしても、夜にここでこそこそする必要なんかなかった。きょうだって会えたじゃない。わたしはお昼にあそこにいて、夕方にももう一度あそこへいったのよ」

「でも——いや、あそこにいるとは思わなかったんだ！　おれに会いたがってるなんて思わなかった！」

「なるほど。でも、今夜は会いたがってると思ったのね。そういうこと?」

おれはふたたび微笑もうと試みた。こわかったし、癇癪がおきそうだった。だが、彼女はすぐ近くにいたし——おれはすべてうまくいくように強く願っていた。

「それで?」彼女は言った。おれは笑いを浮かべながら、かぶりを振っただけだった。うつむくことはできたから、彼女の胸のふくらみが見えた。着ているガウンの襟ぐりが大きくあいていて、胸がはだけそうになっていた。見ないで想像するだけにすることもできた。実際に触れたことがあるのに、忘れることなんかできない。平らな腹部、白いというよりクリーム色の腰。腰は充分張っていた。そしておれは、前夜車に乗って腕をまわしているときそれがどんなにあたたかく、やわらかだったか思い出すことができた……

そして、彼女に両手をのばした。

「ドナ」おれは言った。「後生だから……」

彼女はガウンのまえを握って後ずさりした。すると、うしろの暗がりのなかから、なにかが地面を引きずるような音が聞こえた。

おれは両手をわきにおろした。

「ここへきたのは、謝ろうと思ったからだ」おれは言った。「おれはまちがってた。親父もまちがっていた。償いができるんならなんでもするよ」

「お願いする相手をまちがえてるわ」彼女は言った。「ゆうべのことがあったあと、わたしはパパのすることに口出しするのをやめたの。パパはわたしよりずっと人を見る目があるってわかったのよ」

「お願いするだって?」おれは言った。「おれはなにも……」

「うちの父に会いにくるべきだってあなたのお父さんに伝えて。わたしがあなたと付き合っているからって、父に対して影響力があるなんて思わないようお父さんに伝えて」

「でも……」彼女の言っていることがちょっと呑み込めなかったが、呑み込めたとき唖然とした。顔から血の気が引いたように思えた。「つまり——つまり、おれがきみを介してお父さんに……」

「そうよ」彼女はためらいを見せた。「認めたらどう……」

「おれはきみに言ったこと以外なにも認めないぞ！　おれはずっと頭が混乱していて、それで——それでもう一度頭をすっきりさせたかった！　でも、もしきみがそう思ってるんなら——思ったとおりにしてやる！　おれにはできないと思ってるんだろう！　おれがいつも引っかかっているのは、きみがすごく——」

「待って。ちょっと待ってちょうだい、トム！」彼女は片手をさしあげた。「今夜はもう話をしないほうがいいと思う。長いことかかってこうなったんだから、夜中に木の陰で決着をつけられるようなことじゃない。わたしはきょう二度あなたに会おうとした。あなたに会う必要があったのよ。でも、あなたは会う気がなかった。あなたは……」

「言っただろう……」

「会う必要はないとあなたは感じたのよ。あなたはわたしをとんでもなく傷つけられる。でも、気分がよくなって用意がととのったら、会いにくればいい。わたしはあなたの腕のなかへ飛び込むから。だけどちょっと待って！　たぶんあなたにそんな気はないんでしょう。これまではそうだったし、長いことずっとそうだったと思う。わたし」——彼女は口ごもった——「わたし、混乱してるわ、トム。いまはあなたに対してフェアになれない。もういったほうがいいわ、わたしが——お願いだからいって。はやく!」

「ああ、いくよ」おれは言った。「あす会えるかい?」

「わ、わからないわ。約束なんて……」

「そのつぎの日は? いつもの場所で」

「わたし」——彼女は身震いした。「ああ、トム、どうしてあなたは……」

「わかってる。わかってるよ、ドナ。きみがくるまで毎晩あそこにいるよ。急いでこなくたっていい。でも、それより……さっきいた〝雑種〟をしばらく追い払ってくれないか、ドナ」

「なにを……」彼女は鼻をくすんといわせ、肩越しにうしろを見た。おれは両手をあげはじめた。もう一秒だって待てないと感じたからだ。

そのとき、彼女はさっと向きなおった。一度も見たくなかった表情が、彼女の顔に浮かんでいた。青白い病人のような冷たい表情。怒ったクレージーな病人のような表情。

しかし、彼女の声はささやき声だった。

「雑種」彼女はささやくような小声で言った。「雑種」

おれは言った。「ドナ、あのな、おれは……」

「ついに本音が出たわね」彼女は身を引いた。「あなたは混血の人間を見くだしているんでしょ?」彼女は身を引きつづけた。「それを言いたくてここへきたのね? はっきりさせておこうって。赤身の肉は安いものね? 安いって知ってるわよね? あなただって……」

「ドナ!」おれは言った。そして、彼女をつかみにかかった。

だが、彼女はもう手のとどくところにいなかった。

いたのは酋長だった。彼は、おれたちのあいだに立っていた。

「どうしました、お嬢さん?」彼はおれに目を据えながら、言った。

「か、彼を追いだして! 彼をどっかへやって! 彼を追い払って!」

「はい、お嬢さん」

彼は前歯のあいだに指を二本入れて、口笛を吹いた。すると、背後の木立から馬のいななきが聞こえた。農園で飼育している大きな鹿毛の馬の一頭だった。馬は全部鹿毛だった。馬は酋長のところへやってきて、彼の肩に頭をなすりつけた。彼はおれから一度も目をはなさずに、手をのばして馬の鼻面を撫でてやった。

「わかった、酋長？」

「はい、お嬢さん」

彼は一歩さがって、鞍に飛び乗った。

「彼を追い払って、彼を追い払って、彼を追い払って……！」

「はい、お嬢さん」

おれは低木に後ずさりした。幹をまわりはじめて、枝のあいだに体を押し込んだ。

「や、やれるもんならやってみろ！　やってみろ、おれは……」

牛追いムチが酋長の肩からはずされた。彼はそれを背後に引いてから、スナップを効かせて振りおろした。ライフルの銃声のような音が聞こえた。すると、まっ赤に熱せられた熱い鉄が靴の爪先にたたきつけられたようで、爪先から足首まで焦げたような感じがした。

これからなにがおこるかわかっていたので、おれは覚悟をきめた。飛びあがったり叫んだりしないぞ、と自分に言い聞かせた。そんなことをするまえに死んでいるだろう。だが、おれは死ななかった。

おれは飛びあがった。おれは叫んだ。

低木のほうへ飛び込むと、ムチがふたたび振りおろされた。ヒュ、ー、ン、、バ、シッ、！　熱く焼けた鉄が踵にぶちあたった。さらに前方へ身を投げると、また爪先に激痛が走った。

おれは――

今度は後方へ身を投げた。ヒュ、ー、ン、、バ、シッ、！　また前方へ身を投げた。ヒュ、ー、ン、、バ、シッ、！　爪先、バ、シッ、！　踵、バ、シッ、！

おれは低木から後方へ飛びすさった。よろけて、大の字に倒れると、足の裏を火が通過したような感覚に襲われた。おれは転がった。這いつくばってクロールを泳ぐように進んだ。目に血があふれてくるようで、内臓は喉まで押しあげられるようで――

ヒュ、ー、ン、、バ、シッ、！　ヒュ、ー、ン、、バ、シッ、！　左足、右足、左足、右足。ヒュ、ー、ン、、バ、シッ、……

おれは這いつくばって逃げた。

バ、シッ、！

おれは悲鳴をあげ、走り、つまずき、目のまえがまっ暗になって……

バ、シッ、！

おれは倒れ、悲鳴をあげ、這いつくばってクロールのように進み、走り、倒れ、転がって――

バシッ、バシッ、バシッ、バシッ……

明かりがついた。音がぼんやり聞こえた。笑い声、叫び声、金切り声。何度も何度も同じ金切り声。しかし、それは明かりのようにぼんやりしていた。おれにはよく聞こえなかった。自分の叫び声もよく聞こえなかった。おれの体はもうなにも感じなくなっていた。どんな痛みももうなかった。

いっさいなにも感じなかった。

おれは立ちあがった。体をまわし、彼と面と向かい合った。

「おれを追い払え！」おれは叫んだ。「おれを追い払ってみろ！」

バシッ、バシッ！

「やれ！　おれを追い払え……」

バシッ、バシッ！

「――くたばれ！　おれを追い払え！　やってみろ、やってみろ、やって……」

ヒューン、バシッ！　ムチはおれの靴の甲に当たった。

「なにを待ってるんだ？　なんだって……」

ヒュ—ン、バシッ！　足首。十セント硬貨くらいの大きさの肉がそげるのを感じた。

「やれ、やれ、やれ！」

ヒュ—ン、バシッ、ヒュ—ン、バシッ、ヒュ—ン、バシッ、ヒュ—ン、バシッ！

「やれ……」

トム、トム・カーヴァー！

「やってみろ……」

「カーヴァー！　トム！　落ちつけ！」

彼はおれを揺すっていた。片方の目に包帯をし、片方のほおに絆創膏を貼った男。ドナは彼の片腕にかかえられてぐったりしていた。じっと動かず、顔は青白く、頭が彼の腕から下にたれていた。もはやおれが追い払われるのを見られなかった。目を閉じていたからだ。

「トム！」彼は片方の手で娘をかかえながら、もう片方の手でおれを揺すっていた。

「痛みはひどいのか、トム？」

「おれを追い払え」おれは言った。

「わたしといっしょにこい。きみと話がしたい。話をしてくれるな、トム？　わたしといっしょにきてくれるな、トム？　ドナとわたしといっしょに」

「おれを追い払え」おれは言った。

彼はためらいを見せた。それから、もう片方の手をドナの脚の下に入れて彼女をかつぎあげた。彼女の頭はぐったりたれさがった。目はつむっていた。だから、おれが追い払われるのを見られなかった。

「もっと手加減してもよかったんじゃないか、酋長？」

「はい。でも、ミス・ドナが……」

「わかっている、わかっている」マシュー・オンタイムは、もう一度おれを見つめた。そして、もう一度おれをなだめようとした。「なあ、聞いてくれ、トム――なにが元でこんなことになったのかは知らないが、誤解はきっと解けると思う。たしかに、ゆうべきみはむずかしい立場にいた。わたしもあんな事態には不馴れだった。きみの育ての父親に対してわたしは――いや、その話はやめておこう。だが、きみとわたしに関するかぎり――むしろ、きみとわたしとドナかな。わたしはうまくやっていこうと思っている……」

おれを追い払え、おれを追い払え。

おれは向きを変え、芝生をふらふらと横切った。すると、彼が言った。「彼の面倒を見てやれ、酋長」マシュー・オンタイムが、目をつむったドナをかかえながら家にむかってななめに歩いていくのが見えた。だから、彼女はおれが追い払われるのを見られなかった。

踵の高いブーツをはいた酋長はおれの肘に触れ、話しかけることをためらっていた。

「悪く思うなよ、坊主？　怒っちゃいないだろう？」

「あんたはおれを追い払えなかった」おれは言った。「おれを追い払えるやつなんてだれもいない」

「そうだな、たしかにそうだ。そんなことができる者はひとりもいないよ。だから、ちょっとここにすわっててくれ。車を取ってきて、家まで送ってやる」

「だれもおれを……」

「そうとも。だが……」

おれは走りはじめた。走りたかったから、急に走りだした。そして最後に聞こえたのは、「悪く思うなよ。悪気は……」

遠くまでは走らなかった。木立に入って、姿が隠れるまでだ。足はちっとも痛くないのだと示すことができるまで。おれは幹に腕を巻きつけて、木に倒れかかった。叫び出さないように、樹皮に歯を食い込ませた。幹を抱きしめ、足に体重がかからないようにした。ようやく木を放せるようになると、つぎの木までよろよろ歩いた。木から木へ移りながら、ようやく木立を抜けた。

道路端の溝に腰かけ、雨の水たまりがあるところまで両手を使って横すべりした。水たまりのなかに両足を入れ、靴の甲まで水に浸かって、痛みが和らぐのを待った。

しばらくそうやってすわっていた。少しは楽になったが、両足の熱はなかなか引いていかなかった。足は靴のなかでふくれあがって、腸詰めのソーセージみたいになった。靴下をはいていなくてよかったと思った。

体をまわして道路のほうをむき、靴ひもをほどいた。それから、爪先と踵を強くつかみ、気持ちを奮い立たせ、ぐいと靴をぬいだ。

そして、叫んだ。

靴を引っぱって、叫び、靴を引っぱって、叫んだ。おれは靴を引っぱりつづけた。そうすることを長く待ち望んでたかのように思ったからだ。おれは、靴を一足しかもっていなかった。だからそれをナイフで切り裂くようなことはしたくなかった。

靴を両方ともぬぎ、また足を溝のなかにおろした。まだひどく痛かったし、皮がむけたところが燃えるように熱かった。しかし、しだいに腫れはおさまりはじめ、いままでよりずっと楽になった。気分もよくなりはじめた。腫れとともに、頭のなかのクレージーな思いもおさまっていくようだった。

立ちあがって、足を引きずりながら家へむかった。できるだけぬかるみをとおって。今夜のもっとはやい時点にまで戻って考えようとした。ようするに、おれはかなり悪いことをして、罰があたってもしかたがないということだ。だが、いい気分とはとても言えなかったから、そう思える心境には到達できなかった。

人をなぐるのはよくないことだ。だが、ムチで打たれ、縮こまって、這いつくばり、悲鳴をあげるのは、またべつのことだ——女のまえで、そして、何人が見ているかわからない人びとのまえで。いま思えば、あのとき声や笑い声が聞こえたから、かなり多くの人間があの現場を見たにちがいなかった。

ふたつの出来事はまったくちがうことだ。いずれにせよ、頭を冷やすため尻を強く平手でたたいてやらなければならない。

おれはもうクレージーな思いに取り憑かれていなかった。自分はずいぶんひどい仕打ちを受けたが、それも自業自得だということがわかった。自分のまちがいをたどることができた。はじまりは親父だった。終らせたのは彼らだ。それがことの真相だ。それがわかったが、わかったからどうなるものでもなかった。

そしておれがそのことを受け入れられるまで、彼らに近寄らず、彼らにも近寄らせないことがぜったいにいいのだとわかった。

おれは数度腰をおろして休まなければならなかった。それで、家へついたのは夜明けちょっとまえだった。星が見えなくなって、月も消えかかり、生あたたかい風が綿の茎のあいだでそよいでいた。大気はあまい土のにおいがした。雨を予知できるというキバシカッコウの鳴き声はどこからも聞こえてこなかった。とてもいい日になりそうだった。

家に入って、なにごともなかったように寝室へいった。服をぬぎ、服を裏返して体を拭き、服をベッドの下に放り込んだ。清潔な服を取り出し、毛布の下にすべり込み、体をのばした。そして——

そして、メアリがおれを揺すっていた。

「トム！　もう起きて！　朝食ができてるわよ」

おれは頭から毛布をかぶろうとした。目をつぶっていた時間などほとんどなかったように感じた。

彼女はおれを揺すりつづけた。「トム！」

「朝食なんかいらない」おれは言った。

「お願いよ、トム！　か、彼が待ってる……」

「食事のときいつから親父はだれかを待つようになったんだ？」

「トム！　起きなきゃだめよ！　彼になんて言っていいかわからない。彼は……」

「わかったよ」おれは言った。「出てってくれ。服を着るから」

彼女が出ていくと、おれは起きあがった。服を着て、靴下をはいたが、靴ははかなかった。そして、足を引きずらないようにして、キッチンへ入っていった。

彼はコーヒーのソーサー越しにおれを見てから、ふたたびソーサーに視線を落とした。

「やっとお目ざめか、坊主」彼は、冗談めかして言った。「おかげで靴をはくのも忘れたか」

「忘れたんじゃない」おれは言った。「朝食のあと、また寝るつもりなんだ」

おれの態度に彼が腹を立てるかと思ったが、腹を立てる気分ではないようだった。むしろ、おれのそんな態度を信じられないでいた。もう長いこと自分中心でやってきたのだ。だが、状況に大きな変化があったことはわかっていたから、それに合わせて自分のものの見方が変わるまで慎重になっていた。

おれは腰をおろし、皿に食べ物と自家製のパンをのせた。パンを半分に割り、糖蜜をかけ、食べはじめた。

「また寝るって?」彼は言った。

「そのとおり」

「どうして?」

「いけないかい?」

おれはコーヒーを飲み、カップをおき、まじまじと親父を見た。彼はふたたびソーサーをもちあげた。

「いや……いけないわけじゃない。疲れてるんなら、おまえにとってベッドが最適な場所だ」

「おれもそう思ったんだ」おれは言った。

おれは食べつづけた。彼はいろいろ訊きたいようだったから、おれは拒まなかった。

「おまえ――その――きのうのことですごく苛立ってたのか？　だから眠るのに苦労したのか？」

おれは肩をすくめた。

「あの野郎」彼は言った。「地獄へいくがいい」

彼は朝食を食べ終わり、いつもより少し時間をかけて呑み込んだ。それから立ちあがって、壁のフックから帽子とジャンパーを取り、身につけた。そして、箒から藁を一本引き抜き、口の端にくわえた。彼はドアの外とおれを半々に見ながら、藁で歯をすいた。おれのことは目の端で見ていた。

「どう思う――おれたちはどうしたほうがいいと思う？」

「おれがどう思うか？」おれは言った。「おれにアドバイスを求めてるのかい？」

「じつを言うと……」彼はいったん口をつぐんだ。「思ったんだが――きょうはおまえとおれであちこちいって、農業をする新しい場所をさがそうと思ってたんだ。そうしたほうがいいと思ってた」彼はまたいったん口をつぐんだ。「だが、もう全部予約済みかもしれん」

「そうだな」おれはうなずいた。

「そうしたほうがいいと思ったんだ。いまではもう遅いがな。去年から耕作してない連中は、もうとっくに引っ越してる。ひと冬じゅう居のこって、農作業がはじまるころ引っ越すことなんてできない」

「そうだな」おれは言った。

「おまえ——その——もうすぐ食べ終わるか？」

「満腹になったらね。食べるものがあるうちは食べる。ほかの人たちの食べのこしになんかもう手をつけないよ」

大きなもの音がした。床に落ちた皿が回転する音がした。しかし、親父はメアリになにも言わなかったし、彼女を見もしなかった。

彼女が床から皿を拾いあげ、洗い桶に入れる音がした。おれは思った。そうやって無視するのが親父のやり方だ。そのほうがかえって相手は萎縮する。

「だが——その——もちろん」と、彼は言った。「もちろん、もしおまえが……」

「そうだね」おれは言った。「おれはいかないよ」

親父はさっと頭をまわした。口から箒の藁が落ちた。おれたちの目が合い、しばらくそのままだった。やがて、彼は戸口のほうへいった。

「あの野郎め！」彼は奥歯を嚙みしめて、言った。「あの混血野郎めが。あんなやつ生きてる価値がない！」

おれはコーヒーをもっとつぎ、カップにスプーンが当たる音を立てて砂糖をかき混ぜた。

「おまえはなにも聞いてないだろう、坊主？　あいてる土地があるかもしれないなんて噂は聞いてないだろう？」

「ぜんぜん」おれは言った。「親父が言ったように、いまごろはもう全部予約されてるよ」

「そうだな、ならば――一所懸命さがして……」

「やめときなよ」おれはかぶりを振った。「あいている土地なんてないし、親父のために土地を提供してくれる人なんてだれもいないよ。みんな親父とかかわるのをいやがってるんだ、わかる？　親父はいい農民だ。並の農民よりずっといい。でも、自分は全能の神だと思ってるような借地人とみんなかかわりたくないんだよ。口うるさくてすぐ騒ぎをおこすあげく悪態をつくようなやつに、地主は金を払う必要なんかないんだ」

親父の口許が歪むのが見えた。彼はもう一度頭をまわしはじめた。だが、彼はまだ真実を見ようとしなかった。すがれるものがあるかぎり、あきらめることができなかった。

「おまえはそうとう苛立ってるんだ。学校でひどい仕打ちを受けたおまえをさらに咎められるかどうかおれにはわからんよ」

「ああ」おれは言った。「おれを咎めることなんかできない」

「いったいどうしたらいいか知りたいもんだ。どうしようもないのなら、うちの十エーカーの土地を売らなきゃならなくなるな」

「マシュー・オンタイムに？　ほかの人には売れないよ。他人の農園のなかにある十エーカーの土地を買うやつなんかいない。そんなことをしたら、えらく面倒なことになる」

「でも――くそ！」親父は叫んだ。「どうしたらいい？　人間は生きていかなきゃならないんだ！」

「わからないよ」おれは言った。

彼は手の甲で口をぬぐい、手を前後にこすった。「融資を受けられると思うか？　銀行はおれに融資してくれるか？」

「してくれるよ」おれは言った。「親父が返済不能になったら、オンタイムにツケをまわせばいい」

「いくら――いくらだ？　銀行は融通をきかせてくれるべきだよな？　あそこは手入れ

されてない土地じゃないんだ」

「ああ、銀行は融通をきかせてくれるよ」おれは言った。「もしかしたら、充分な――いや、あんまり希望をもってもらいたくないな。もしかしたら、見込みがいかもしれないし。でも、おれの見るところ、あの土地は手入れがされているんだから、もしかしたら充分な――いや――あの――数字をあげるのはやめておくよ。もしかしたら、高望みしてるだけかもしれない。そしたら、親父はあとでがっかりする」

「いや。がっかりなんかしないぞ、トム！」彼は、七面鳥のような首をさらにのばした。「おまえを悪く思ったりしない。ほかの土地を買うだけの融資をおれは受けられるか――もしかしたらもっと広い荒れた土地を」

「さあ……」

「べつの土地に投資できるほど充分な融資か？」

「さあ、それは……」

「トム！　いくらだ？　おまえは銀行のことを知ってるから……」

「いいかい」おれは言った。「いまは春までなんとかやっていけるだけの金はある。春になれば作物をカタに手形を振り出せる。作物をつくるつもりがあるなら。きょう融資を受ければ、抵当が満期になって引っ越さなきゃいけなくなるまえに六、七カ月くらいしのぐ金はのこるよ……」

「ほんとか？　それで、いくらくらいだ……」

「それくらいの月日をしのぐに充分なだけさ。三、四百ドルかな」

「三――三、、、、四百ドルだって！　し、しかし……」

「運がよければだ」おれは言った。

そしておれは立ちあがり、屋根付き通路を引き返して、もう一度ベッドに横になった。

目をさましたのは正午ごろで、コーンブレッドとササゲ豆のにおいがした。おれはぐっすり眠り、料理のにおいで目をさましたから、一週間も食事をしていないような気分だった。緊張感はなくなっていて、空腹を感じた。

両足はかなりよくなっていた。一週間ほどは休みなしでいけそうだった。おれは靴をはき、キッチンへ入っていった。

親父に対するおれの接し方を見たせいで、メアリの精神状態はゆうべから変化したのだと思う。とにかく、彼女はおずおずしていなかった――親父はどこかへ出ていた――し、気まずそうでもなかった。ただ、なかばこわがっていて、当惑してむっつりしていた。

ゆうべおれはどういうつもりだったのか？　どうしてあんなふうな態度だったのか？　あんな態度を取りつづければ、親父はきっとおれをきつく叱りつけるだろう。

「オーケー」おれは雰囲気を変えようとして、言った。「なにか楽しいことでも話そう」

「たとえばなにを？」

「その食べ物のこととか。あるいは、もっといいことがある。それを食おう」

彼女は給仕をしようとしなかったので、おれは棚から皿を一枚取り、コンロへいった。すると、彼女が言った。「わたしがやるわよ。あんたはすわってなさい、トミー」

おれは言った。「おれがやるよ」そして、自分で食べ物をよそった。

コーヒー・カップといっしょに皿を外へもっていき、ポーチの端に腰かけた。

一、二分後、彼女も出てきた。となりにすわるよう言われるのをたぶん待って、彼女はためらっていた。ところがなにも言われないと、近づいてきて、支柱に背をつけて腰をおろし、足を組んだ。おれに笑いかけながら、足を組んだり組みなおしたりした。

おれは食べつづけた。ずっと地面を見つめていた。

「あんた、わたしに怒ってるんじゃないんでしょう、トミー？　ちょっと意地悪してみただけよ」

おれは相変わらず地面を見ながら、かぶりを振った。給仕のことで怒っていたのではないが、なにかべつのことで怒っていたのかさだかではなかった。

「すごく気持ちのいい日じゃない、トミー？　こんなにすてきな日に不機嫌な態度はふさわしくないわよ」

「ああ」おれは言った。「それはそうと、地面がまだ少し湿ってるな。あれに気がつかなかったか？」

「なにに気がつかなかったかって？」

「跡だよ。足跡だ。彼女はいつここにきたんだ？」

メアリの笑顔が凍りついた。「わたし――だれがいつここにきたか？　だれもきやしないわよ！」

おれはカップを皿の上にのせ、それをポーチにおろした。そして彼女のところへいき、肩をつかんで、床から立たせた。

「いつだ？」

「だ、だいたい一時間まえよ。あんたはぐっすり眠ってたから……」

「でも、彼女にはそう言わなかった。あんたはおれがいないと告げたんだろ？」

メアリは歯を食いしばり、こわがっているようだったが、頑固だった。おれは彼女を激しく揺すった。ドナに会えなかったことを怒っているのではなかった。ゆうべ、おれは思ったのだ。一日か二日彼女に会えなくてもしかたがない、と。

しかし、ほんのささいなことでもメアリがしたことは気に入らなかった。よけいな気などまわしてもらいたくなかった。しかも、自分のしたことを結局あとから白状するなんて。

「答えろ！　おれがここにいないと彼女に告げたんだな？」

「わたし——わかった、そう言ったわよ！　彼女のことがなくたって、あんたはさんざん面倒を……」

「彼女はなんて言った？」

「なにも」

「彼女はなんて言ったんだ？」おれは彼女の肩をつかんだ手に力を込めた。「彼女は——なんて——言ったんだ？」

「トミー！」メアリはあえいだ。「あんた——放してよ、トミー！　彼女は、わかったって言った、それだけよ。『わかったわ』って言っただけで、帰っていった」

「なにか伝言はのこしていかなかったのか? どこかで会いたいって伝言はのこさなかったのか?」

「の、のこさなかったわ、トミー!」

おれはメアリを放した。彼女はたぶん正直に話していると思った。ドナはおれに会わなければならないと感じていたが、おそらくちょっと急ぎすぎたこともわかっていた。彼女はそれをわかっていたし、おれもそれをわかっていた。

しかし、おれは彼女を欲していた。人生でこれほどなにかを欲したことは一度もなかった。ここ数年ではじめて安らいだ気分になれたし、いっしょにいるとくつろげた。だから、欲した……

「あ、あんた、怒ってないわよね、トミー?」

「ああ」おれは言った。「でもわかってくれ、メアリ。おれがここにいるかぎり、二度とこういうことはしないでくれ。わかってくれるか?」

「あんたが――どこへもいかないかぎりね、トミー! い、いかないで……」

「わかってくれたかと訊いたんだ」

おれを見あげた彼女の目は、おれの表情をさぐっていた。それから彼女は柔和な笑みを浮かべて、うなずいた。「ええ、トミー」彼女は言った。「なんでもあんたがしてほしいようにするわ」

おれはうしろにさがった。突如として、両手にひどく汗をかいた。「わかった」おれは言った。「そうしてくれ」

「トミー」彼女はドレスの胸のあたりをさすりながら、おれに微笑みかけた。ドレスを下に引っぱった。「わたし、いつもあんたがしてほしいようにしてない？　そうするって言わなかった？」

「わかったよ、おれはこれから……」もう一度横になると言おうとしたのだが、気を変えた。「おれはこれから散歩にいってくる」と、おれは言った。

「わたしもいっしょにいくわ。ほんとにすてきな日だから……」

「おれは出かけて、考えごとをするんだ」おれは言って、すばやくポーチから出ていった。振り返ったりしなかった。

しばらく歩き、溝を横切り、土手に腰をおろした。両手の表と裏をひっくり返しながら見た。もちろんなにかをたしかめようとしたわけではなく、手持ちぶさただった。皮が少しむけた指の関節のひとつをこすった。ささむけの端をつまんで引っぱった。なぜ男の手はときどきひどく空っぽな感じになるのだろうと思った。

おれはときどき外へ出て農園を横切ったりするが、そんなとき手が空っぽの感じになり、少し土をすくってみたり、綿の莢を摘んでみたくなったりする。手になにかもっていないと、なにかにしがみついていないと、気が変になりそうになるのだ。

ポケットから古いナイフを取り出し、靴の底で刃を研ぎ、木の枝を削りはじめた。それはたいしたナイフではなく、刃もなまくらだったが、おれの手にはなじんでいた。ほかのことはあまり考えたくなかったので、以前もっていた上等なナイフはいったいどうなったのか考えようとした。

そのナイフは、いまもっているナイフと同じように見つけた——地面によく注意していると畑に、人がかがんで下をくぐるフェンスのわきの草むらのなかに、人が排便のためにしゃがむ茂みのそばに、錆だらけのポケットナイフが落ちているのをよく見かける。いろいろなところでナイフを見つけられるし、おれもそのかなりいいナイフをこのナイフを見つけたように見つけた。それに、いままでもっていたほかのナイフを見つけたように。だが、見つけたときはナイフのように見えなかった。安い豚の切り身以上には見えなかった。

それでもそれを家にもって帰り、灯油でごしごし洗ってすっかりよごれを落とした。そして、骨でつくった柄が割れてしまっている側にトネリコの木片を取り付けた。木を削ってなめらかにし、骨があったところのリベットにはめると、ぴったりはまった。よほどしっかり見ないと、元の骨の柄と見分けがつかないほどだった。おれはそれを見分けられるかどうか、ネイト・ラヴァティと十セント賭けた。案の定、彼は木の柄を骨の柄とまちがえた。だが、ネイトがおれと同じように十セントももっていないことはわかっていた。ピートがそばにいたので、おれはその賭けを彼とした。もちろん彼にはどちらの側が木かわかっていて、みごとに言い当てたので、ネイトはおれに十セントの借りをつくらなくてすんだ。

やがて、どういうわけか、おれはそのナイフを紛失してしまった。口惜しいことだが、それをどうやってなくしたか思い出せないだけでなく、いつなくしたかも思い出せなかった。

その後、おれはもうひとつのいまもっている古いナイフを見つけて、四六時中もち歩くようになった。ところがある日、学校にいるとき、自分はしばらくすばらしいナイフをもっていたことを突如思い出し、あらゆるところをさがしたが、その痕跡も見つからなかった。

思い出せるかぎりでは、清潔なジーンズにはき替えたとき、よごれたジーンズにそのナイフをしまったままにしたかもしれなかった。メアリはその日洗濯をした。ポケットにはなにも入っていなかったと彼女は言ったが、当てになるかどうかわからなかった。彼女は、洗濯に使った水をいつも屋外便所に捨てていた。悪臭を少しでもやわらげるためだ。ジーンズのポケットをひっくり返すのを忘れていたとしたら、ナイフがなかったかどうか気づかなかったろう。ジーンズのポケットをひっくり返さなかったとすれば、彼女はそれを認めようとしなかっただろう。しかし、ほんとうはどうだったのかわからない。もしかしたら、おれが家のどこかにそれをおき忘れて、彼女がなにも考えずにどこかの棚の上においたのかもしれない。あるいは、親父が見つけて、おれから隠し、自分で使うために自分の部屋においているのかもしれない。あるいは、ドナの車の座席のうしろにすべり落ちて――そう、あのとき。さもなければ……

太陽を見あげて、はっとした。それから、自分をあざ笑うしかなかった。もうすぐ夕方になろうとしていた。ほぼ午後じゅう古いナイフのことを考えてすごしてしまった！

ネイトとピートのラヴァティ兄弟が、なにか愉快なことを言って体を押し合いながら道路からやってきた。おれは立ちあがり、ズボンについた草を払い、彼らに会いにいった。

十九歳の男として、おれはずいぶんたくさんまちがいを犯してきた。だが、あの古いナイフのことを忘れてしまう以上に大きなまちがいを犯したことは一度もなかった。なすべきことをちゃんとしていたら、それを見つけ出すまで放っておいたりしなかったろう。必要とあらば、家の板を一枚一枚はがしてでもさがした。でも、それはあくまで〝タラレバ〟の話にすぎない。

諺に曰く、犬は体を引っかくために立ちどまったりしなければ、ウサギをつかまえていただろう。

8

レッドバード校長先生からおれに宛てた手紙をもっている、とネイトが言ったので、それを受け取り、さっそくひらいてみた。

親愛なるトム

いまミス・トランブルと長い話し合いを終えたところで、きみもきっと考えてくれるだろうと思うが、ふたりともきみが学校へ戻らなくてはいけない、戻るべきだ、と感じている。考えなさい、トム！　いろいろ困難はあるだろうし、それはわたしも承知しているが、きみはほかの学生より将来性のあることを示してきた。きみとともに勉強できることは喜びでもあったし、やり甲斐のあることでもあった。おたがいに認め合い、おたがいに気に入ってきた（そう願いたいが）四年間は楽しかった。それは記憶にとどめておくべき年月で、たった三、四分の不幸な時間によってむだにすべきものではない。

知ってのとおり、エイブ・トゥーレイトを雇ったのはわたしではない。だが、彼の人格を知ってからは、雇用を終わらせるべきだったといまははっきり思っている――けさ、それを終えることに成功した。この状況は、不愉快な解釈を招きやすいものだった。

きみの正直さを疑う余地などまったくなかった。しかしながら、それはもっとも安易な解決法だし、理不尽なことを言って言いがかりをつける男をとりあえずなだめる必要があると感じたので、自分は正直に話していると言ってほしいときみにたのんだのだ。わたしも同じ状況に遭遇したら、あとで後悔するようなことを言ってしまっていたかもしれない。

しかし、わたしがきみを完璧に許すとは考えないでほしい！　きみには理科の宿題を山ほど出す。勉強はきっちりしてもらいたい。わかるな?……きみはほかのやり方で埋め合わせをする、ということだ。

朝にきみに会えることを期待しているよ、トム。

敬具

デイヴィッド・レッドバード

手紙を読み終わると、目に涙が浮かんできた。だが、どうすれば学校へ戻れるのかわからなかった――とにかく、すぐには戻れない。気持ちの整理がつくまでは。しかし、戻って彼やミス・トランブルに会えれば……

おれは顔をあげた。

ネイトとピートはにやにやしながらおれを見ていた。

「なにがおかしいんだ?」おれは言った。

ピートはくすくす笑い、ネイトを肘で突いた。「こいつ、すごく元気そうに見えるぜ。ひと晩じゅう踊ってたなんて思えないな」

「ああ」ネイトは言った。ふたりともそんなふうで、意地が悪かった。どこかでなにかを聞きつけると、それをネタにあとでねちねち嫌みを言ってくる。「ああ」彼は言った。「でも、彼はもともと元気なやつなんだよ。セーターをもってて、体もあたためられるし」

「なあ、いいか」おれは言った。「おれに突っかかるなと言ったはずだ。なにが……」

「ゆうべあの人に突っかかったのはあんたのほうだろう?」

「どういう意味だ?」おれは言った。だが、もちろんわかっていた。町じゅうが、学校の全員が、おそらくおれのことを笑っている。

「足のぐあいはどうだ？」ネイトが言った。「まだ痛いのか？」

彼らはどっと笑いだし、おれの顔のまえでばか笑いした。おれもいっしょに笑おうとしたが、うまくいかなかった。

「こいつを見ろよ！」ピートは高笑いした。「まるで渋柿でも食ったような顔してるぜ！」

「道ばたに生えてる草を食ったんだよ！」ネイトは甲高く笑った。「なあ、足をどうしたのか話して……」

彼はそこまでしか言えなかった。その瞬間、おれが彼の顎にキックを食わせたからだ。するとピートが飛びかかってきたので、彼にもキックを見舞ってやった。

ふたりは顔面蒼白になり、静かになった。痛みで前屈した。それから、ふたり同時に飛びかかってきたので、今度は拳をかためて両方に短いストレート・パンチを食わせてやった。彼らはうめいて、路上に倒れた。だが、両腕をばたばたさせて立ちあがったから、もう一度パンチをくれてやった。彼らをもう一度路上に倒し、さらにもう一度倒した――その結果、ふたりはもう立ちあがろうとしなかった。

おれはレッドバード校長の手紙を破き、ふたりに投げつけた。あえぎながら彼らをにらみつけ、もう少しおれを嘲ってくれないかと願った――その願いが通じないことを神に祈ってはいたが。なぜなら、彼らを蹴って死なせるなんていやだったからだ。もし彼らがさらになにか言おうものなら、また足蹴りを食わせることはわかっていた。

彼らはなにも言わなかった。言えなかったか、あるいは言うのがこわかったのだろう。いずれにせよ、彼らはそこにじっと横たわっていた。着ているズタ袋のようなシャツのように、顔は黄色がかった白色だった。おれは向きを変え、足早に彼らから歩き去った。ほとんど走るようにして、家へ戻った。寝室に入り、ドアを勢いよく閉め、ベッドに身を投げだした。おれは震えていた。頭が火のように熱かったが、体の震えをとめることができなかった。高熱と悪寒があるみたいだ、と思った。もううんざりだ。

握り拳をマットレスにたたきつけた。ネイトとピートにもっとパンチを見舞ってやればよかったと思った。おれにはそうすることが必要だった――怒りと屈辱感を自分から引っぱり出し、だれかほかの者にぶつけるのだ。だが、いまはおれのなかでたまりにたまったものが……

「トム」――メアリの手がおれの二の腕をつかみ、おれを横向きにした。「どうしたのよ、トミー？」

「失せろよ」おれは言った。

「話してくれるまではなれないわ」

「よせ」おれは言った。「さっさと失せろ、メアリ」

「どうして」彼女はおれをからかうように、〝どーして〟とのばして言った。そしてベッドの端に腰かけた。彼女の尻が顔近くに迫った。彼女のにおいがした——麝香のような香り。やりたがっているにおい。「どーしてよ、トミー?」

おれは上半身を起こし、彼女を押した。しかし、彼女はまったく動かなかった。どっしりしていた。あまり強く押さなかったのだろうか。彼女は言い返されるのを待っているようだった。あるいは襲われるのを。もしおれがそうしたら、彼らに復讐することになるかのように。

「いったほうがいいぞ」おれは言った。「もうすぐ親父が帰ってくる」

「あら、そう」

「よく聞け、メアリ。ここから出ていかないと、おれは——おれは……」

「なに?」やはり間のびした言い方だった。〝なーに?〟

おれはまた仰向けになって、枕に頭をつけた。おれにかまうなと言ったはずだ。彼女にもほかのみんなにもそう言ったが、みんなおれを放っておいてくれなかった。おれはもう口をききたくなかった。

彼女はおれに微笑みながら、立ちあがった。ずっと微笑んでいて、片方の靴から足を抜き、ついでもう片方から足を抜いたときもおれの目から目をそらせなかった。

彼女はドレスを引っぱって、片方の肩から肌を出した。袖からもう片方の腕を抜き、ドレスを腰までおろし、ぬいだ。下にはなにも着ていなかった。

全部計画どおりで、おれの部屋に入ってくるまえに用意してきていた。

「少し向こうへいって、トミー」彼女は言った。おれは体を少しずらした。

「いいわ」彼女は言った。そして、おれのわきで体をのばした。そして……

彼女はずっと微笑んでいて、冷静で、なにをしているのかわかっていた。だが、腕はおれに巻きつき、体はおれの体に押しつけていた。クレージーな女がいるとしたら、彼女こそまさにそれだった。

突如として、彼女は笑い、泣き、くすくす笑い、しくしく泣き、歯で噛み、爪で引っかき、おれを愛撫した。ひどくこわかったと認めざるをえない。おれはわれを忘れ、自分が怒っていたことも忘れた。彼女からはなれることだけしか考えられなかった。しかし、もちろんそのときはもう遅かった。

最初の一分が経過したあと、おれはもう彼女からはなれたいと思わなくなった。

その思いは一分もつづかなかった。やがて彼女ははなれて枕に頭をつけ、まるで十マイル走ってきたかのように体を波打たせて震わせた。

おれは上半身を起こして両膝をつき、ベッドからすべり出た。おれ自身呼吸が楽ではなかった。

五秒まえは、彼女から体を引き放すことができなかった。いまは、もし彼女がおれに触れようものなら喉を詰まらせて吐きそうな気分だった。

彼女はふたたび微笑んでいて、目を細め、その目でもう一度おれを自分に引き寄せようとしていた。

「トミー……よかったでしょ?」

「起きて服を着ろ、メアリ」おれは言った。「さあ、はやく。さっさとやれ」

「彼女よりわたしのほうがいいでしょう? そうだと言って、トミー。そしたらわたしは起きるから」

「好きにしろ」おれは言った。「そこにいたけりゃいろ、親父に見つかるから」

「待って、トミー！　だったら……」

しかし、おれは待たなかった。部屋を出ていき、家も出た。井戸からバケツで水を汲み、頭と顔にかけた。それからポーチにあったタオルで水を拭き、髪を梳かし、ポーチの端に腰をおろした。

キッチンでメアリが動きまわる音が聞こえた。夕食のための火をおこしている。外は暗くなりはじめ、彼女はランプに明かりを灯した。コーヒーが沸騰するにおいがした。しかし、彼女は外に出てこなかったし、おれを呼びもしなかった。

腹が減りはじめたので、彼女に声をかけてもらいたいと思った。きっかけをあたえてくれれば、パンかなにかがほしいとたのんでいただろう。だが彼女はなにもしなかったから、おれはその場を動かず、おとなしくしていた。

六時をまわり、ほんとうに暗くなったころ、親父が道路からゲートに入ってきた。おれにうなずいたので、おれもうなずき返した。彼はキッチンに入り、メアリに夕食を催促し、たらいに水を入れた。

顔と手を洗い、ポーチでおれのわきにすわった。一、二分後、彼は咳払いをして、口をひらいた。

「銀行ではあまりうまくいかなかったよ。おまえが言ったようにな」

おれはなにも言わなかった。彼はためらってから、もう一度咳払いをした。

「聞いたんだが——おまえ——ゆうべなにか面倒をおこしたっていう噂だが」

「そのとおりだよ」おれは言った。

「あそこへひとりでいくべきじゃなかったな。なにを考えているのかちゃんとおれに話してからにすべきだった。おれはおまえといっしょにいくことをこれっぽっちもためらわなかったよ」

親父がなにを言っているのかよくわからず、おれは向きを変えて眉をひそめながら彼を見た。そのときはっとわかった。彼はおれがマシュー・オンタイムをやっつけにいったと思っているのだ。

おれは彼の誤解を正そうとした。しかしちょうどそのとき夕食の用意ができたとメアリが呼んだので、結局なにも言わなかった。おれは腹が減っていたし、結局のところ彼がどう考えているかによってどうなるものでもなかった。

おれたちは食卓についた。親父はいつものようにがつがつ食った。いちばんはやくに食べ終わり、もう一杯コーヒーをカップに注いだ。彼がソーサーの縁越しにおれを見つめているような気がした。その後、見なくても、彼がメアリを見つめていることがわかった。彼女のフォークが皿にあたって音を立てたが、親父は彼女を見つめていた。結局、彼女は椅子を引いて、パンの鍋をもってコンロへいった。

おれは、ついに顔をあげた。彼は依然としてメアリに目を据えていた。彼女はテーブルに背をむけながら、コンロにむかって立っていた——彼の目がべつのほうを見るのを待って。ランプの薄暗い明かりのなかで、彼女の肩が震えているのが見えた。しかし彼女は背筋をまっすぐのばして立っていた。いつもより疲れたようすは見えなかった。

親父はソーサーをテーブルにおいた。「おまえ、なにしてる?」彼は言った——穏やかな言い方だったが、声は部屋じゅうに響いたように思えた。「パンをつくってるのか?」

「いいえ」

「それをもってこい! 聞こえたろう、メアリ?」

「は——はい」

彼女は向きを変え、テーブルへゆっくりやってきた。彼女の指につかまれた鍋が震えていた。彼女はすわりはじめた。

親父は床を蹴って椅子を引き、彼女の手首をつかむと、彼女をまっすぐ立たせせた。おれも立ちあがると、親父は彼女を自分に引き寄せ、顔にじっと見入った。

「いったいどうしたんだ？」彼は言った。

「なんでもないわ」彼女はちょっと頭を上へ反らした。「そっちこそどうしたんです？」

親父はぐいとメアリを引っぱったから、彼女は床から浮きそうになった。小さなうめき声をもらした彼女は、反抗的態度をやめた。日没時の草みたいに、彼女はしおれた。

「わたしはなにもしてないわ、父さん！　は、放してちょうだい！　わたし……」

「おまえをずっと見ていたんだ」彼はゆっくりと言った。「夕食のあいだおまえは取りすまして、もじもじし、立てば尻をなまめかしく振り、バラの花みたいにまっ赤になったりして……」

「そんなことしてないわ！」彼女はうつむいて、泣きはじめた。「わ、わたし――ほんとにそんなことしてない」

親父はメアリの腕を放した。腕を投げつけるようにしたから、腕は彼女の胸に当たった。

彼女はまたうめき声を発した。

「あ、あんたはいつも、わ、わたしを見つめてる！　あんたに見つめられると落ちつかなくなるのよ。そして、わたしが神経を尖らせて苛立つと、い、いつだってわたしをとがめる！」

「ふむ」——親父はためらいを見せ、顔から厳しさがいくらか消えた。「そうかもしれん」

「そ、そうなのよ！　わたしはあんたのきよ、許可がないと、体の向きを変えることもで、できない……」

「そうかもしれんな」親父はくり返した。「たしかに、そうかもしれん。だが、おれはおまえを見つめつづける、いいな？　だが、見ないほうがいいものもある——見たくないものだ。それに、とにかくおまえが生意気な口をきくのももう許さん、わかったか？」

彼女は体を震わせながら、うなずいた。そして、彼から少しずつ後ずさりした。ひどくこわがっていて、コンロのあいだをとおって壁の外に消え入りそうなようすだった。

おれは、ふたりのあいだに割り込んだ。

「メアリはなにもしてないよ」おれは言った。「どうしてしつこくいじめるんだ？」

「自分のしていることはわかってる」

「おれだって」おれは言った。「だけど、親父のしていることは気に入らないね」

彼の目が見ひらかれ、一瞬めらめらと燃えた。それから、その火は消え、彼は向きを変えて戸口のほうへいった。「おれは疲れたよ」彼は言った。「なにもかもがばらばらに崩れて、もう元に戻すことができなくなった。おれは年を取りすぎて、疲れて……ちょ、ちょっとふたりで話そうか、坊主」

「ああ、そうしたほうがいい」おれは言った。そして、彼について家から出ていった。

9

彼は薪小屋の敷居に腰をおろし、おれはそのわきに腰をおろした。すぐそばではなく、できるだけはなれて。彼はそのことに気づき、深くため息をついた。同情を求められたときつくため息に似ていた。彼は背後に手をのばし、たきつけ用の小枝を拾った。そしてもう片方の手をポケットに入れたが、ポケットから出した手にはなにももっていなかった。それで、小枝を放り捨てた。ナイフをもっていなかったのか、あるいは削る気をなくしたかだった。

「メアリのことだが」彼は言った。「おれがあいつにきびしいとおまえは思ってるだろうな」

おれは肩をすくめた。

「きびしくしなけりゃならないんだ。あのな……たぶん不思議に思ってるだろう――たぶん、あいつの存在を不思議に思ってるだろう。男やもめがどうやって若い女の子を養子に取ることができたのか。じつはな」――親父はいったん言葉を呑み込み、根気よくつづけた――「彼女は養子に取ったんじゃない。奪ってきたんだ。彼女がいたところからただ連れてきた。だれもそれを騒ぎ立てたりしなかった。本人も騒がなかった。みんなおれに神の怒りを見たんだ。だからおれのじゃまはしなかった……」

おれは待った。彼はもう一度ため息をついたが、最初についたときほどわざとらしくなかった。

「彼女はまだすごく若かった、とおまえは言うかもしれない」彼は言った。「たしかに彼女は若かったから、ほんとうはあそこにいたくなかったか、もっといいところを知らなかったのかもしれない。だが、事実はちがう。彼女はそこにいたかったから、そこにいたんだ。彼女は——ただの——ただの女という動物にすぎなかった。歩ける年になってからずっとそうだった。おれが彼女を連れてきて神をおそれさせなかったら、彼女はいまでもそのままだったろう」

おれは依然として待っていた。彼は敷居の上で落ちつかずに動いた。

「だから——だから、そういうことなんだ。だからおれは彼女にきびしくしつづけなきゃならないんだ……おまえの」——彼はいったん間をおいた——「おまえの世話をやかせるためにあんな女を連れてきたのは妙だとたぶん思っているだろうな。だが、彼女を躾られることはわかっていたし、あの罪の家から彼女を連れ出してやるのは主の仕事だった。わかるだろ?」

「いや」おれは言った。「おれにはわからない」

「それじゃ……」

「親父は彼女を罰するために連れてきたんだ。彼女はある種の欲求を植えつけられた――なかにはそういう女もいる。そして親父はその欲求に罪悪感をもたせた結果、彼女は欲求を一度も満足させられなかった。ほぼ二十年間、彼女を飢えさせ、彼女を罰してきた。どうしてだか言ってやろうか?」

一瞬にしてすべてに納得がいくのは愉快なことに思えた。しかし、さほど奇妙なことではなかったと思う。親父は、彼女にしてきたようにずっとおれを従わせてきた。いよいよこの日がくるまで、おれは彼をまともに見つめたことがなかった。

「おまえはまるでまちがってるよ。お、おまえは――どうしておれが――」

「親父は彼女をある売春宿から連れ出した」おれは言った。「どうやって彼女を見つけたんだ? そこであんたはなにをしてたんだ?」

「おれは――おれは一度だって……」

「以後は一度もいってない、たしかに」おれは言った。「だって、彼女を罰していたんだから。自分がしたことの責任を彼女に負わせた。そしてそのために彼女を苦しませた。そういうことだったんだろ？」

「彼女は――いまここでそんなことを話す必要があるのか？」

「あんたがはじめたことだ」おれは言った。

「ああ」彼は重々しくうなずいた。「いま思えば……たしか……あれは収穫の終わりだったよ、トム。おれは支払いを受け取りに町へいった。だが、出かけたのがちょっと遅かった。というのも、おまえの――おれの女房のエフィのぐあいが悪くなって、彼女の面倒を見る者がだれもいなかったんだ。そして金を受け取ったときにはもう店が閉まっていて、家へもって帰るはずだった身のまわり品を買えなかった。おれは――そんなものをもたずに家へ帰って、つぎの日またくるべきだった。しかし、長い道のりだから、途中で襲われてあり金を奪われるのをおそれて……」

「奥さんはどこが悪かった？」おれは言った。

「なに？」彼は驚いたように訊き返した。「ああ、なんでもない。おまえには理解できない病いだよ。女特有の病気だ」

「そうか」おれは言った。

「それで、いま言ったように、おれは町で一夜をすごすことにした。そして、ああ、たしかに数杯酒を引っかけた。当時はほんの少ししか飲まなかったんだ。だから、まったく酔っぱらってなんかいなかった。だが……」

「いや」おれは言った。「親父は酔っぱらったんだ」

すると、彼はためらいがちに言った。「そうだ、おれは酔っぱらった。そのことでおれを非難したっていい——自分がなにをしてるかわかってなかったことをな。正直言って、おれはわからなかったからな。おれは寝る宿をさがしてた。そして、あいつを見つけ、泊まれるところを訊いたら、そこへ連れていくと約束した。そして——彼女がおれをどこへ連れていったかわかるだろう？」

おれはうなずいた。「酔っぱらってたあんたは、その夜そこに世話になった。でも、翌朝はしらふだった」

「そうだ」彼は言った。「おれはしらふだった」

「でも、あんたは家へ帰らなかった」

「おれは家へ帰らなかった」彼は言った。「なぜか帰りたくなかったんだ。おれはそこに一週間いて、もっていた金、七百ドルあまりは消えた。だが、おれはそこに居つづけることもできた。彼女は金のためにやっていたんじゃないからな。しかし、売春宿はそんなことを許さなかった。そして――そして、彼女はおれの精力をすっかり搾り取った。だからおれは、家へ帰った。おれは――坊主、おまえには理解できないよ！　おれは……」

「先をつづけろよ」おれは言った。

「女房は死んでいた。四日まえに死んでいた。近所の人がきて、おまえの面倒を見てくれていたよ。でも……」

「おれはいくつだった？」

「ああ、生後六、七カ月だったかな、でも……」

「ちがうよ」おれは言った。「おれは生まれたばかりだったんだ」

彼の口があんぐりあくと、顎の骨が軋む音がした。彼は両手で頭をかかえると、しばらくそのままでいた。だがやがてふたたび頭をあげ、掘削装置のきらめく光を畑越しに見つめた。

「だから？」

「だから？」おれは言った。

「いままでけっこうつらかったよ、坊主。おまえを実の息子だと言えないことがな。

でもどうして言えなかったかわかるだろ？　おまえに事情を知らせることなんか――おれが……」

「売春婦と一週間寝ているあいだに、おれの母親が出産で死んだって？」

「トム……わかってくれ……」

おれは声に出して笑った。「おれがわからないとどうして思うんだ？　時間はかかったけど、あんたのことは全部理解してるよ、親父」

「おれは……」

「だろうな」おれは言った。「あんたにはわからない。あるいは、わかろうとしない。あんたはありのままの自分を見ようとしない。あんたは大きなまちがいをひとつ犯した――大きなまちがいだ。でも、まちがいを犯したことを認められないんだ。責任を全部メアリに押しつけてきた。彼女を苦しませてきたんだ。自分のしたことを後悔していない。自分の非をけっして認めないからだ。悪いのは彼女なんだ――そう、それにおれが悪いんだ。母親が死んだのはおれのせいで……」

「トム！」彼はおれの肩をつかんだ。「おれはそんなふうに思ってないぞ！　そんなふうには……」

「放してくれ」おれは言った。

「でも、おまえ……」

「放してくれ」

彼は、放した。

「たぶんそんなふうには考えていないんだろうな」おれはつづけた。「でも、おれの言っていることはそんなに的はずれじゃないよ。的はずれじゃないことはあんたが証明した。おれがあんたの息子であると思わせるためには、すべての真実を語る必要なんかなかったんだ。あんたが実の父親だと知らせなかった理由はひとつしかない。そのほうが好都合だからだ。あんたはおれを引き取った命の恩人だと感じさせることができる」

「トム」――彼はぞんざいにかぶりを振った。「おまえはおれをひどく下劣な男に貶めてる」

「だってそうだからだよ」おれは言った。「そう思わざるをえないからだ。おれがちょっと問題を起こしたりして、あんたの思いどおりにいかないと、あんたはおれをきびしく責めて折檻してきた。そして、おれはあんたの思うままになってきた。そうしなきゃならないと感じたからだ。あんたはおれを哀れと思って引き取った。だからおれは、あんたがさし出すものはなんでも受け取って、それに感謝しなきゃならなかった」

彼はまだかぶりを振っていた。おれがしゃべっているあいだずっとかぶりを振っていた。

「おれはおまえのためにいろいろやってきた」彼は言った。「やらなかったなんて言うなよ。もしかしたらあまり寛大でなかったかもしれないが、甘やかしてばかりではだめだ。おれはおまえをちゃんと育てたぞ」

「どんなふうに?」おれは言った。「腹が減って残飯を食ったために学校から追い出されるように?　おれを助けたがった人をなぐり倒させるように?」

「おれはいろいろやった」彼はくり返した。

「そうかい」おれは言った。「あんたはいろいろしてくれた。でも、もうこれ以上なにもしてくれなくていいよ」

おれは立ちあがり、ズボンの尻の埃を払った。彼も立ちあがって、おれを見あげるために首にのった頭をそらした。

「それで」彼は言った。「おまえはおれを見捨てるつもりなんだな。おまえには正直にほんとうのことを言うが……」

「そうするつもりだったよ、いずれにせよ」おれは言った。「でも、たったいまおれに決心させてくれた」

「どこへいくつもりだ?」

「わからない」

「おれには言いたくないってことか? 永遠におれとはかかわらないつもりなのか?」

「ほんとにわからないんだよ」おれは言った。「でも永遠にあんたとは縁を切るつもりさ」

「いつだ?」

「朝になったら、たぶん」

「いくな、トム」彼はおれにむかって片手をさしあげたが、やがて震えながらわきにたらした。「たぶんおれはすべてに関してまちがってたんだろうが、故意にやったことじゃない。なにをしたとしても、それはおまえがおれなんかよりましな人間になってほしかったからだ。おれは……」

「わかってるよ」おれは言った。「おれはあんたの贖罪だった。あんたはおれを出汁に使って主に罪滅ぼしをしてたんだ。おれにはあんた自身になることを求められた。あんたがそうなりたいと望むものにね。おれは自分自身の人生を生きる権利をあたえられなかった」

「言っただろう、たぶんおれはまちがってたって。で、でも」――哀願するような口調だった――「それでも――それでもおれはいろいろやったぞ、トム。おまえに正しい道を示して、おまえにそこを歩かせつづけた。おれは……」

「わかってるんだろう?」おれは言った。

何年かまえ、オクラホマに引っ越してすぐ、ネイトとピートとおれはいっしょに学校から帰った。そして道路沿いを歩いて、郡が新たにつくっていた排水路まできた。すると、レンガを積んだ山の角にネズミが一匹うずくまっているのを見つけた。おれたちは落ちていた小枝をつかみ、そのネズミのほうへ突きだした。

ネズミはおれたちの足のあいだを走り抜けようとしたが、おれたちは追い返した。ネズミはレンガの片側に沿って走り、ついでもう片側に沿って走った。おれたちは、それを追いかけて迫った。そしてついに片隅に追いつめた。ネズミはうしろへさがることも、まえへ出ることもできなくなった。だが、そのあとに見た光景は、ひと月以上おれに悪夢を見させることになった。

そんなに大きなネズミではなかった。しかし、突如としてそれは後ろ足で立ち、犬のように大きく見えた。そして百万本も歯が生えているように見え、その一本一本が見えた。ネズミは前足を振りながら、ワルツを踊るように隅から出てきた。歯がガチガチ鳴っていた。そして隅に追いつめられたネズミは、ついに最後のときを迎えた。そのとき以降、隅に追いつめられるのはおれたちになった。背後には全世界があったが、その世界には空き場所がまったくないように思えた。おれたちはその場からはやく立ち去ろうとして、おたがいに折り重なって倒れた。ネズミに嚙まれないですんだのはラッキーだったと思う。

しかし――

しかし、それはずっと昔のことだった。そして、人間はおぼえていたくないことを忘れるものだ。あるいはおぼえていて、まったく同じことをくり返す。そして最初のときよりラッキーだと考える。あるいは、腹を立てて、気にしない。失うものはないと思い、突き進んで、最低まで落ちぶれたと思う。もちろん、そんなことはない。もっと悪いことはいつだっておこりうる。

親父がまた手をのばしていた。おれにむかって片手を突き出したが、同時に引っ込めた。「どういう意味だ?」彼は言っていた。「わかって――わかってるんだろうとは、どういう意味だ……」

「しらじらしいよ」おれは言った。彼に笑いかけた。「夕飯のとき気づいたはずだ。おれも彼女とやったよ、親父。あんたと同じようにな」

「まさか！」彼は言った。「まさか、そんなことはない！　あ、あいつはそんなことしない。そんなことをしたらおれがなにをするか知ってるはずだ……」

「でも、おれが迫ったんだ」おれは、嘘をついた。「おれが迫った。彼女はすぐに乗ってきたよ。でも、おれが迫ったんだ。彼女にはなんの責任もない。彼女を咎めることはできないよ」

彼はゆっくり左右に頭を振った。「そんなこと嘘だ」彼は静かに言った。「おまえはおれに意地悪するためにそんなことを言ってるんだ」

「どうして？」おれは言った。「どうしてそれがあんたに意地悪することになるんだ？」

「おまえはおれにとって意味のあるものをなにもかも奪いたいんだ。おれになにひとつのこしたくないんだ。おれには、もうなにものこってないのに、いまは——いまは……」

「親父にはもうなにものこっていないよ」おれは言った。「メアリに訊いてみろ。おれとまったく同じことを言うだろう」**当然だ。彼女はこわくてほかに言いようがない。**

「おれが寝るまえにもっとすることがあるんじゃないのか?」

「おまえはあいつとしなかった！　しなかったと言え」

「したよ」おれは言った。

食道をなかなかおりていかない食べ物を呑み込もうとするように、彼は顎をもぐもぐ動かしながら、立ったままおれを見て目をしばたいた。それから突然首をまわして唾を吐き、手の甲で口をぬぐった。

「わかったよ」親父は言った。

「わかったよ、だけ?」おれは笑いかけた。「それだけでいいのか?　ムチを取るとか、ショットガンをおれにむけるとかしなくていい?」

「そうだ」彼は言った。まったく感情のこもっていない声だった。紙に言葉を書きつけて、それをおれにわたしたみたいだった。「そうだ、そんなことじゃ足りん」

おれは声を出して笑った。どこか後方で、鳥のアビがその笑い声を聞きつけて反応し、独特の奇妙な鳴き声を畑に響かせた。ヒー、アー、フーイー、ヒーアー、フーイー！

おれは思わず身震いした。親父は小さくうなずいた。

「主がおまえを罰するだろう」彼は言った。

10

おれが戻ったとき、メアリはまだキッチンにいたが、おれのあとから親父が重い足取りで歩いてくる音を聞いて、皿洗いに没頭しつづけ、ひとこともしゃべらなかった。おれは屋根付き通路をわたって、自分の寝室へいった。

靴をぬぎ、ドアをほんの少しあけた。かなり不安な気持ちで耳をすました。親父にしたことには喜びを感じていたが、メアリのことがちょっと心配だった。彼はなにもしないだろうと、自分に言い聞かせた。責めは全部おれが引き受ける。メアリがおれみたいに反抗して出ていってしまうことを、親父はおそれている。そして彼がメアリを罵っても、もう彼女はこわがらないだろうし、覚悟ができているだろう——と、おれは思った。そういうことだった。だが、さらに思った。考えてみれば、いままで彼女がおれのためになにかしてくれたことは一度もなかった。彼女がいままでしてきたことは、おれを利用できるとなったらすぐ利用できるように、おれをそばから放さないことだった。しかたがなかった、と思う。スカンクが悪臭を放たざるをえないのと同じことだ。しかし、だからといってその臭いを好ましく思えるわけではない。

耳をすましていたが、異常な音は聞こえなかった。ときどき声が聞こえた。言葉ではなく、声だけだ。靴が床板を軋ませる音も聞こえた。しばらくして、ついにキッチンのドアと親父の寝室のドアが閉まる音が聞こえ、すぐに彼女が屋根付き通路を歩く音が聞こえるだろうと思った。

しかし、二十分すぎても、彼女が動く音は聞こえなかった。おれはどんどん不安になっていった。親父は彼女に服を少しもち出すことも許さず追い出すほど意地が悪かっただろうか。

おれは忍び足で寝室を出て、外へ出るドアをあけた。外を見て、庭と道路を見やった。だが、彼女の姿はちらりとも見えなかった。

いったいどうなっているのかといぶかりながら、もう一度ドアを閉めた——おれはどうすればいいのか？　なにも思いつかなかったので、屋根付き通路を忍び足で歩き、キッチンへ入った。

一分間耳をすましていた。それで充分だった。メアリを心配する必要のないことがわかるのに充分だった。

もう忍び足をせずに、屋根付き通路を引き返した。マットレスが軋む音で、彼らはおれが足音を立てても聞こえなかっただろう。そして彼らは、自分たちが励む音をおれに聞かれても気にしないだろう。メアリは気にしない。いまとなっては、親父も気にしない。彼は、贖いの最後のチャンスを失ってしまったのだ。

彼は地獄行きだった。いまや障害物は取りのぞかれ、彼にとってはすべてどうでもよくなった。

おれは服をぬぎ、ベッドに大の字になった。胃がむかついて、きゅっと締まった。いつ嘔吐してもおかしくない気分だった。その日の午後のことを思った——その日の午後のメアリとおれのこと——そしておれにこびりついた泥をこすり落とせるだろうかと思った。彼女のことを考えながら、自分をひっかいてこすった。恥ずかしくなって突如上半身を起こすと、顔に血液が押し寄せてきた。

恥ずかしくて、嫌気がさした。彼らにも、自分にも。

もう一度横になった。上半身を起こし、ふたたび横になった。目を閉じると、彼らのイメージが頭に浮かんだ。それが消えると、今度はもっと悪いイメージが浮かんだ。メアリの姿は消えなかった。やっていることは同じだった。しかし、彼女は大きな赤い目のネズミと行為におよんでいた。

彼は顔をあげて彼女の顔越しにおれの顔を見ていた。彼にはガチガチいう歯が百万本生えていた。

おれがついにまどろむまで、二、三時間かかったにちがいない。

いつものように、朝食のにおいで朝目がさめた。ベッドから出て、その朝がいつもとちがう朝であることを思い出すまえにズボンをはいた。おれはためらった。またふたりと顔を合わせることなしに寝室から出ていきたかった。しかし、そうすると彼らにとっても好都合だろうと思った。だから、おれは彼らと顔を合わせないという考えを捨てた。彼らはテーブルについて食事をしていた。おれがいつも食事を取る場所には椅子も皿もおいていなかった。親父はおれなどいないかのように、見るでもなしにおれを見た。それからまた食事に戻った。メアリはすばやくおれに一瞥をくれ、すぐに視線を落とした。

彼女はもう長いことだれかと目を合わせることができなかったし、いまもできなかった。依然として意気消沈していた。だが、おれのことをどう感じているか目で伝えられないほど意気消沈してはいなかった。彼女はもうおれを必要としていなかった。おれは邪魔者でしかなく、できるだけはやく出ていってほしかった。

あたしを見て、と彼女の目は言っていた。**あんたはわたしを邪険に扱おうとしたけど、**

うまくいかなかった。今後はもっと心してやったほうがいいわよ。

おれは食器棚のほうへ歩いていき、皿とカップを取り出した。抽斗からはナイフとフォークとスプーンを取り出し、テーブルにセットした。椅子を引っぱってきて、腰をおろした。メアリはまた一瞥をおれに投げた。おれは、彼女にウィンクしてやった。そして身を乗りだし、食べ物が載った皿をまえに引き寄せ、さらに食べ物をよそった。カップにコーヒーをついで、食べはじめた。

それからは、ふたりがおれを無視しているように、おれも彼らを無視した。顔をあげても、彼らを見ずにまっすぐまえを見た。もちろん彼らのほうが先に食べはじめていたが、それでも彼らはやけにはやく食べ終わったようだった。

親父は椅子を引き、立ちあがった。メアリも、彼が動くのを待っていたかのように立ちあがった。ふたりはいっしょにポーチへ出ていった。

それから二分後、庭に車が入ってくる音が聞こえた。車のドアがバタンと閉じられる音がした——ふたつのドアだ。男がふたり、車から出てきた。おれは、食べるのをやめた。とても腹が減っていたのだが、百万ドル積まれても突如食べ物が喉をとおらなくなった。おれはすっかりかたまって、体が冷たくなり、死んだようになった。これからなにがおこるかわかっているかのようだった。

おれは立ちあがった。なにかがおれを椅子から引きあげたようだった。おれはドアを出て、ポーチへいった。

親父とメアリは庭に出ていて、彼らといっしょにふたりの男がいた。おれが出ていくと、彼らは顔をむけておれを見た。それからみんなでポーチのほうへやってきた。ふたりの男が先頭だった——ブランデン保安官と保安官助手。

「おはよう」保安官は言った。「きみと話したいんだが」

「おれと話す?」おれは言った。「おれと話す?」

「ああ、きみから話を聞きたい。包み隠さず正直に話してくれ、いいな?」

ブーツをはいた保安官助手が、ポーチのてまえでステットソン帽をちょっと押しあげた。彼はすでにタバコをくわえていた。ブランデンはポーチにあがり、支柱に背を向けてポーチに腰かけ、正面からおれを見つめた。彼は背が低く太っていて、呑気にかまえるのが好きな男だった。おれはそう思っていたが、おそらく彼は呑気にすごせると思っていたのだろう。去年まで、彼は綿繰り機を扱っていた。

「きみのナイフはどこにある?」彼は言った。その声はあまり友好的とは言えなかった。

彼は答えを待ったが、おれが答えずにいると——まだ口がきけなかったのだ——もう一度質問をくり返した。

おれは現実に立ち返りはじめた。ポケットからナイフを取り出し、彼にわたした。

彼はかぶりを振った。

「もうひとつのナイフのことだ。柄の片側が骨で、反対側がトネリコのやつ」

「もうもってない」おれは言った。「なくしたんだ」

「どこで?」

「わからない。家のどこかでだと思う」

彼はちょっと横に視線を移したが、すぐにおれに戻した。「もっとでかい家ならまだしも」と、彼は言った。「この家でそのナイフを見つけるのはそんなにむずかしいことじゃないはずだ」

「家でなくしたとは言ってない」おれは言った。「おれが言ったのは……」

「なんと言ったかは聞いたよ。いつなくしたんだ?」

「わからない」

「あんなすてきなナイフをいつなくしたのかわからない? だいじにしてたものじゃな

いから、まったくおぼえてないのか?」

「いや」おれは口ごもった。「ひと月かそこらまえだったと思う。もうひとつこのナイフがあったから、いつなくしたとはっきり言えないんだ。あっち――あんたが言っているやつさ――はおれが気づくまえになくなっていたのかもしれない」

保安官は帽子をぬいだ――勤め人がかぶっているようなごくふつうの帽子だった――そして、それを扇がわりに使った。「暑いな」彼は言った。「こんな時期にこんなに暑かったことがあったかな。こんな陽気の秋を思い出せるか、バド?」――彼は保安官助手を見やった。

「この十年ではありませんね」保安官助手はうなずいた。「いや、この十二年間で一度もないでしょう。昔の十一月は耐えられる暑さでしたよ……」

保安官はうめき声をあげて、帽子をかぶりなおした。「さて、ところでな、坊主」彼は言った。「ところで――ああ――その――最近ちょっとしたトラブルに遭わなかったか?」

「ええと、わ――わからない」おれは言った。

「わからない? どこでナイフをなくしたかもわからないし、いつなくしたのかもわからないし、トラブルに遭ったかどうかもわからない。わからないのか――それとも話したくないのか?」

「ちょっと」おれは言った。「いったいなんなんだ? あんたがなにを言いたいのかおれにはわからない」

「なにか盗んでつかまったんじゃないのか？　学校で」

「いや、そんなことない！」おれは言った。

「先生たちに毒づいたんじゃないのか？」

「いや、おれは」――おれは口ごもった――「言うべきじゃないことを二、三言ったけど、悪意があったわけじゃない。かっとしただけだ……」

「かっとした」彼はオウム返しに言った。「でも、その理由はわからない、ということか。きみはすぐ頭に血がのぼって短気をおこすようなやつなのか？　マシュー・オンタイムに乱暴したときもかっとしただけだったのか？」

「いや」おれは言った。「おれは親父が大怪我するんじゃないかとこわかったんだ」おれは親父のほうに頭をかたむけたが、彼を見なかった。「彼らはけんかしていた。ミスター・オンタイムは怒って、おれは彼が親父を馬で踏みつけるんじゃないかと思った」

「おれにはそんなふうに思えなかったぞ」親父が穏やかな口調で割って入った。「彼は話を打ち切りにして馬で去ろうとしているように思えた」

おれは息を呑み、喉が詰まった。保安官が言った。「きみはまだ若いな。おそらく内心悪意はなかったんだろう。ただ、はやる気持ちを抑えられない。ポケットに手を入れてじっと耐えていられないんだ。思い出すよ……」

「ちょっと、ちょっと待ってくれ！」おれは言った。「いいか！　親父があんたに嘘を言っているのがわからないのか？　おれはミスター・オンタイムになんの恨みもなかった。親父といっしょでなかったら、あそこへは近づきもしなかった」

「そうかい？」ブランデンはうなずいた。「親父さんはおとついの夜きみをそこへむりやり引きずっていったのか？」

「おれは」――おれはそこで口をつぐんだ。

「なるほど」彼は言った。「きみの親父さんはミスター・オンタイムをクソ野郎――失礼、お嬢さん――呼ばわりするようきみに命令したのか？　そしてきみは彼にしようとしていることを触れてまわったのか？」

「おれはそんなことしなかった」おれは言った。自分がしたことを思い出すまえに、言ってしまった。

「しなかった？　きみの友だちをふたりほどあげることができるよ、きみが嘘つきだと言う者をね」

「そりゃ、もしかしたら、したかもしれない」おれは言った。「たぶんしたんだろう。でも、本気じゃなかった」

「いや、半分本気だったんだ」彼はふたたびうなずいた。「そうとも、それが若い連中のこまったところだ……きみはオンタイムのところにいって、ムチで追い払われた。爪先でぴょんぴょん跳ねたんだろうな。どんなふうに感じた？」

「気に入らなかったよ」おれは言った。

「そうだろう。そうだろうと思うよ。白人にそうされたって、わたしも気に入らないだろう。で、あのナイフはいつまでもってたと言った？」

「言ってないよ。ねえ、ミスター・ブランデン、おれになにを……」

「きのうまでもってたと聞いたぞ。きみがあのナイフで削ってるところを見たとふたりが言ってる」

「彼らが見たのはこのナイフだ」おれは言った。「それに、あいつらはおれがあのナイフで削ってるところなんか見てない。おれが削ってるところしか見てない。彼らがおれのところへきたときナイフの刃はもうしまっていた」

「彼らとはちょっともめたって聞いたぞ。それともそれも彼らの思いちがいだっていうのか？」

「もめはした」おれは言った。

「彼らにからかわれたのが気に入らなかった？　ムチで打たれたことをまだそうとう怒っていた？」

「たしかに、気に入らなかった」おれは言った。「ムチで打たれたことは気に入らなかった。でも、自業自得だったと思う」

「ゆうべはどこにいた、真夜中ごろは？」

「どこに？——当然ここにいたよ」おれは言った。「真夜中にはベッドのなかにいた。真夜中のあともずっとね」

保安官は体をかたむけ、片手をポケットのなかに入れた。そしてふたたび手を出したとき、そこにはおれのナイフが握られていた。なくしたナイフが。

「ゆうべの真夜中、マシュー・オンタイムが殺害された。何者かがこのナイフで彼を刺し殺し、彼を豚小屋に放り込んだ。けさ彼の亡骸が発見されたが、無惨なものだった。

よほど恨みをもったやつの犯行にちがいない。で、きみがその何者かでないことを証明できれば、おそらくわたしもきみと同様幸せになる」

証明する？　おれが彼を殺してないことを？　おれは笑って、戸惑い、苛立った。理不尽なことがおこれば、だれでもそうなる。

「殺人事件がきみには愉快なのか？」

「まいったな」おれは言った。「いや、つまり――そんなのクレージーだよ、ミスター・ブランデン。おれはそんなこと――おれはそんなことしないってみんな知ってるはず……」

彼は答えを待っておれを見つめた。自分が言ったことに不合理なことなどなにもないかのように。保安官助手も同じ表情でおれを見ていた。そして、メアリと親父……メアリと親父。親父。

そのとき、キャデラックが庭へ入ってきた。ドナが、車からおりた。彼女の顔は引きつっていて、蒼ざめ、こわばっていた。彼女は車の脇に立って、おれを見つめた。おれがそんなこと、つまり殺人などやっていないことを証明するのを待っていた。

保安官は、親父に一瞥を投げた。「ゆうべ彼は家を出たと言ったよな、ミスター・カーヴァー？」

「いやあ」親父は間のびした言い方をした。「いや、おれはそうは言ってないよ、保安官。おれに知られないで出ていくことはできたろうって言ったんだ。そのまえの晩も」

「あんたはどうだい、お嬢さん？　あんたは家のいちばん奥で寝てるそうだが」

「わたしに訊かないで」メアリは頭をすくめた。「わたしの知るかぎり、彼はいつだってこっそり家を出入りできた」

「だ、だけど、だけどおれが出ていかなかったことは知ってるはずだ！」おれはどもって言った。「ふたりとも知ってるはずだ！　おとといの夜以外一度も家を出ていったりしてない。おとといはミスター・オンタイムと話をつけようとして出かけたんだ。言ってやってくれ、ドナ！」

彼女はおれに答えなかった。おれに近づきたくないみたいに、庭に立ったままだった。

「たしかに、彼は話をつけにきたみたいだった」ドナは言った。

みんなもう一度おれを見た。

「どうなんだ？」

「彼らが真夜中にどこにいたか訊いてみてくれ」おれは親父とメアリを指さした。「なにもかも、親父がはじめたけんかが発端だ。おれは引っぱり込まれただけだ」

「彼らがどこにいたかわたしは知ってるよ」保安官が言った。「ミス・メアリはそのくらいの時間に、その、トイレにいきたくなった。彼女がトイレから戻ってきたときの音を聞いた親父さんは、彼女に声をかけた。ふたりのアリバイはそれではっきりするようだ」

「ふたりは嘘をついてるんだ」おれは言った。

「そう思うか？　そのときさみはベッドで眠っていたんじゃないのか？」

「もちろん、眠ってたさ！　いったい……」

「だったら、どうして彼らが嘘をついているとわかるんだ？」

彼は答えを待った。だが、おれに言えることはあまりなさそうだった。ふたりはいっしょに寝ていたのだと言ってなんの得がある？　それをどうやって証明すればいい？

「いっしょにきてもらったほうがよさそうだな。帽子かなにか取ってきたいか？」

「いや、その」おれは言った。「たぶん、おれとしては……」

おれはかなり茫然として戸惑った表情をしていたと思う。実際そうだった。しかし、自分がなにをしたらいいかひらめいたので、それほどではなかったかもしれない。だが、そんなことできるとは思えなかった。だれかほかの人のためにそれを計画したみたいだった。しかし、ほかの人間などいなかった――罠にはまったのはおれだった。そして、打開策はそれしか思いつかなかった。

それでも、取りかかるのはむずかしかった。

おれがしなきゃならないことをなぜ彼らはわからないのか、なぜおれをとめようとしないのか、わからなかった。

「それじゃ、必要なものをとってこいよ」保安官が言った。「取ってこい、さもなきゃこのままいくぞ」

「わかったよ、保安官」おれは言った。

そのあと、おれはぐずぐずしなかった。

おれはキッチンのドアから入って、フックにかけてあったショットガンを取りあげ、屋根付き通路を突っ切って家のいちばん奥へいった。すばやく動き、軽快に歩いた。そのドアはラッチがはずれていたので、音も立てずにすっとあいた。おれはいったん部屋のなかに戻り、走って助走をつけた——網戸を突き破った。

庭に着地し、片腕をドナに巻きつけ、彼女を自分の正面にこさせた。片方の腕で彼女を押さえ、もう片方でショットガンを水平にかまえた。

「おい」おれはあえぎ声で言った。「おい、みんな。立て!」

11

夢のなかにいる人びとのように、みんなゆっくり立ちあがった。メアリの顔があまりにも蒼白なので、おれは声をあげて笑った。銃を保安官助手にぐいと向け、ドナが喘ぐほど強く彼女の胸に腕を巻きつけた。

「あんた、バド」おれは言った。「両手をあげて、まわれ右をし、こっちへむかって後ずさりしてこい」いままでに何度も言ったことがあるように、おれは言った。彼は、言われたとおりにした。「今度は左手でガンベルトをはずせ——もういっぽうの手はあげたままにしておけ！——そしてガンベルトを下に落とせ。よし！ ほかのやつのところに戻れ」

彼はもう一度まえへ動いた。おれはベルトを爪先に引っかけ、ポーチの下に蹴りとばした。

「坊主」——保安官がようやく声を発した。そのときまで、だれも口をきかなかった。「こんなことはしたくないはずだ。こんなことをしてもなにも解決しない。きみは……」

おれはショットガンの片方の銃身の引き金を引いた。片腕で銃をかかえているだけだったので、反動がものすごかった。だが、なんとかもちこたえ、保安官の車の右うしろのタイヤが爆発した。

「ようし」おれは言った。「全員歩きはじめろ。おたがいにくっついて、畑にむかっていけ」

「トム……」親父だった。「たぶんおれが……保安官、おれがなにか言っても、もう取り繕えない……」

おれは銃口を彼に振った。引き金を指でこすった。少し力を込めた。親父の顔は恐怖でまっ青になったが、おれには赤くなったように見えた。なにもかも憎悪に染まった赤いガーゼのカーテンをとおして見るようだった。

取り繕う？　取り繕う？　彼はおれの母親を殺した。おれから母親を奪った。彼はおれからドナを奪った。おれの十九年の人生を奪った――そしていま、のこりを奪おうとしている。そしていま……

いま――**おれは笑って、笑って泣いて、そして口をつぐんだ。おれの目は、彼の七面鳥頭に釘付けになった――**いま、彼は取り繕おうとしている！

どうして彼の肉片を庭じゅうにばらまいてやらなかったのかわからない。たぶん、そんなやり方じゃきれいすぎるし、彼にとって楽すぎるからだ。彼に仕返しするべつの機会ともっといい方法があるとわかっていたからだ。

「あんたはまちがいを犯した」おれは言った。「でも、おれが修復する。当てにしててくれ、親父。おれは修復しに戻ってくる。あんたを忘れないよ。メアリも忘れない。約束だ。そしておれはいつだって約束を守る」

恐怖で蒼白になっている顔を笑いながら見つめ、おれの言葉が彼に染み込んでいくのを待った。それから、ドナを引っぱりながらキャデラックのほうへいった。

「歩け、あんたら!」おれはどなった。「畑のほうへいかないと、もう一本の銃身の弾をお見舞いするぞ」

彼らは歩いた。そそくさと。メアリは、わざとのろのろ歩いた。しかし、歩かざるをえなかった。

おれはキャデラックの運転席にすべり込んだ。ドナをかかえていたので、彼女の体は半分車内に入って、もう半分は外へ出ていた。車を道路に出し、傷んだシートに銃を放り投げ、ドナをハンドル越しにわきのシートへ引っぱり込んだ。

彼女の片方の腕を背中にねじりあげたので、動くと骨が折れかねなかった。もう片方の手でハンドルを握り、道路を走った。しかし、あまり長くは走れなかった。一マイルくらい走ると、近くに家が一軒もなくなったので車をとめ、彼女の腕を放した。

「こんなことをしてごめん」おれは言った。「ここでおりていい」

彼女はドアをあけ、外へ出ようとした。口もきかなかったし、おれを見ようともしなかった。

「ドナ!」おれは言った。「待て……」

彼女は待った。

「きみがどんなふうに感じているかはわかってる」おれは言った。「――この事態がどんなふうに見えてるか――でも、知ってほしいんだ、おれは……」

「知らなかった」彼女は言った。「でも、いまはわかってる」

彼女はおれを見ないで車をおり、道路を歩きだした。おれはほんの少しだけじっとすわっていた。それからギヤを入れ、アクセルを踏んだ。彼女のすぐわきをとおったので、フェンダーが彼女をこすった。だが、彼女はまったく身じろぎもしなかった。

ルームミラーを見あげると、彼女はずっと歩いてきたかのようにまだ歩いていた。

肩を張り、頭を高くあげていた。

そのあと、おれはうしろを見なかった。

郡道のところで、スピードを落とした。どっちへまがったらいいだろうと思案した。

ガソリンはタンクに三分の一以下しか入っていなかったし、おれは無一文だった。だが、あのショットガンを使ってだれかに両手をあげさせるつもりもなかった。いずれにせよ、あと三十分以内には警察の車のサイレンが迫ってくるだろう——だれかがオンタイムの家にたどりついて、電話をかけたらすぐに。この車に乗っていたのでは、逃亡は無理だった。

あるアイディアが浮かんだ。あまりいいアイディアではないが、こんなところではそれ以上にいいアイディアは思いつかなかった。

おれは車を町へむかわせた。

学校のところでスピードを落とさざるをえなかった。だれかが蹴ったボールが道路に転がり、それを追いかけたふたりが走って出てきたのだ。結局彼らは道路からどき、おれは車を走らせた。彼らは手を振り、おれにむかって叫んだ。

「ヘイ、トム！　そんな車どこで手に入れたんだ?」

「乗り心地はどうだい、トム？」

おれは手を振り、アクセルを踏んだ。

ちょうどそのとき、学校のベルが鳴ったので、九時五分まえであることがわかった。たいていの郡庁所在地と同じように、町は格子状に区切られていた。おれは最初のブロックでまがり、町の反対側へむかった。やがて幹線道路にぶつかり、半マイルほど走ってからふたたびまがった。さらに四分の一マイルいくと、走っていたわき道が鉄道の踏み切りにむかって下り坂になった。

おれは草むらに車を乗り入れてとめ、車をおりた。

鉄道はマスコギーへ通じる支線で、そこを九時半に列車が通過することになっていた——いまから二十分後だ、と思った。町からこんなにはなれてしまったら、列車の速度は速すぎて飛び乗ることはできないだろう。こんなふうに道がとぎれていたら、飛び乗るための助走もできないだろう。

しかし、彼らにはそんなことわからないだろう、と願った。おれが列車に飛び乗ったように見えるはずだ。

おれは線路のほうへ歩き、一本の上に乗り、小川にかかっている構脚橋にむかって東にそろそろと進んでいった。おれみたいにあぜ溝を何度も歩いたことのある者には、むずかしいことではなかった。構脚橋までは約百ヤードだった。そして、野原の下になった。だれにも姿は見られなかった。ギリギリのタイミングだった。線路から音がした。列車が町から高速で走行しているのだ。おれの背後の踏み切りにむかって汽笛を鳴らしながら。おれは体の向きを変え、小川に飛び込んだ。

小川のまんなかは深さが約五フィートあることは知っていた。ジャンプの衝撃を吸収するには充分な深さだった。だが、川底が構脚の梁のまわりで盛りあがっていることをおれは見逃していた。おれは、水深約五インチのところに着地した。水が傾斜した砂地を覆っていた。傾斜で足をひねった衝撃が頭に伝わり、胸にまで伝わった。足首は砂にはまり、変なふうにまがった。

おれは痛みで悲鳴をあげた。すごく痛くて、列車が通過したとき構脚の下にしがみつくことしかできなかった。

おれは梁に両腕を巻きつけ、列車がそれを震動させているときしがみついたまま大声をあげていた。列車の通過で、足首も震動した。てっきり足首が折れたと思った。梁にしがみつくのをやめたら、砂にはまって頭が水に浸かっているおれが発見されるだろう、ということしかそのときは考えられなかった。

おれは、梁からはなれなかった。とにかくしがみついていた。しばらくして、痛みのほかに足首になにかを感じるようになった。心地よいしびれみたいな感覚を感じはじめた。おれは身をくねらせて、砂から足首を片方ずつ引き抜いた。体重をかけてみた。ちょっと叫び声をあげたが、体重をかけることはできた。骨はどこも折れていなかった。反対側の土手近くの浅瀬へつくまで、梁から梁へわたった。それから、構脚をはなれ、水の流れに逆らって進んだ。もちろん、犬の嗅覚をごまかして追跡されないためだ。小川は木の生えた急斜面の土手のあいだを流れていた。まがった木の枝が小川にかぶさり、流れを覆っていた。だから、もしだれか畑に出ていても、おれの姿は見えないだろう。

小川は南へ東へと蛇行していた。丘陵地帯に入って幅が細くなるまで、十マイルほどはこのままいけるだろう。そうしたら、丘陵地帯に入る。そこには人などいないだろう。なにしろ、土地は農業に適さないし、ブラックジャックやスクラブオークの木は伐採に値しない。だから、キアミチ川まで丘陵地帯をいって、川についたらボートを盗んで南へこぎ出す。

もしかしたら、テキサスまで。もしかしたら、アーカンソーまでも。

どこかまで。時がきたら、思いつくだろう。

とりあえずは、小川を十マイル歩かなければならない。おれにとってはかなりの重労働だ。

浅瀬はまがりながらのびていて、おれは足首に負担がかからないよう姿勢をななめにして歩いた。木の枝や藪が土手から突きだしていて、下をくぐり抜けるとか水中にもぐるとかして進まなければならなかった。

構脚橋から二百ヤードくらいいったところで息切れがし、両脚の上から下まで痛みが往復した。

頭上までのびている木にぶらさがって、足にかかる体重を減らしながら、少し休んだ。それからまた歩きだし、水と砂と小石を踏んでとぼとぼ進んだ。寒風が強く吹いていて、木々をざわつかせ、揺らしていた。体温が下半身をかわかしてくれることを願って、おれは歩を速めた。

その後半時間ほどで、かなり距離をかせいだ。小川はくねくねカーヴして、傾斜していた川岸が垂直になるまで土手を切り取っていた。おれは立ちどまって休息したりせず、まるまる一マイルを歩きつづけた。

やがて、進みにくい一帯に出た。とんでもなく進みにくい一帯だった。その一帯は木の枝がとても低く張り出していて、葉に覆われていたので、腰を折って身をかがめ、下をくぐらなければならなかった。やっとそこを通過したと思ったら、今度はほんものの難関が出現した。矢尻のような楔形の土地が、水の流れにむかって約十フィートほど突き出していた。しかも、そこにはトゲのある植物が密生していた。

そこまで進んだ。それから迂回して歩きはじめた。矢の先端までくると両腕を水平にのばして体のバランスを取った。そのとき、両足が川底につかなくなり、おれは約八フィートも水中に沈んだ。

水面に浮上すると、低木をつかんだ。トゲがあろうとなかろうと。楔形の土地に体を引き寄せ、腰をおろすことのできる小さく平らな砂地を見つけた。そして古いナイフを取り出し、トゲを切り取りはじめたが、ひどく腹が立って苛立っていたので、指を切り落とさなかったのが不思議だった。

上方——音からすると二十フィートもはなれていない——から、男がどなる声がした。

「おい！　どこへいこうとしてるんだ?」

おれは体が硬直し、手からナイフを取り落とした。ここでは走って逃げることもできなかったし、走ること自体できなかった。歩くしかなかった。ゆっくりと頭をまわし、彼に答えようとして口をあけた——いまごろはこんな地の果てまで知らせがとどいていて、彼はおそらく本気で訊いているのだろうから。

そのとき、彼がふたたびしゃべった。彼はいまかなり遠くにいた。畑のほうへ引き返していて、彼の言っていることはところどころしか聞き取れなかった。

「あんたはどうやら……その知らせを……?」

「……なんてこった」——べつの男の声だった——「むずかしい……」

おれは息を吐き出した。心臓はベアリングが焼き切れたモデルTみたいな音を出していた。

最初の男は、たぶん落とし穴でも掘って低木のなかに隠れていたのだ。そのとき近道をしてきた仲間と出会った。おれはふたりがなにを言っているのか聞き取ろうとして、耳をすました。

「……もし……インディアン。かまわん……ほんものの紳士なら、おれは……」

「それじゃ……やつをつかまえて……」

「……その野郎を殺せ!」

おれは立ちあがり、ふたたび小川へむかった。

ふたりは決意をかためていた。おれをつかまえて、殺さなければならなかった。おれを電気椅子に送るのだ。おれは思った。あのショットガンをもってくればよかった。自分を殺せたのに。

さらに一マイルかそこら進み、ついに完全にへばった。おれは寒さでまっ青だった。足首は熱いワイヤーがなかに入った氷のかたまりみたいな感じがした。おれは砂地に顔から突っ伏した。土手が洗い流されたべつのところだった。数分後、ようやく力を振り絞って起きあがり、草むらに入って周囲の草を引き寄せた。その草で体をこすった。木々のあいだから弱い日差しがもれてきて、それがとてもありがたかった。寒気が少しおさまりはじめた。

そろそろ考えるべきときだ、と思った。ほんとうにちゃんと考えなければ。これまでおまえは走ってきて——

おれは、眠りに落ちた。

トウモロコシを調理するにおいと、煙のにおいで目がさめた。家にいて目がさめたときとてもよく似ていたので、ここは家かと思った。おれは笑いを浮かべながらしばらくその場に横たわっていた。屋根にのぼって煙突のぐあいを見なければ、などと考えながら。上半身を起こすと、全身が糊付けされたようにこわばっていた。そして、自分がどこにいるか思い出した。それで、また草むらに仰向けになった。トウモロコシと煙のにおいは夢でなかったからだった。それは現実だった。

火は、対岸でおこされていた。おれが横たわっているところとほぼ反対側の土地。火にはお湯を湧かす鉄の鍋がかかっていた。そのまわりには、一ダースほどのインディアンが半円を描いてすわっていた。純血のインディアンたち。店で買った服を着ていたが、髪を編んでいる年長者たち。彼らはなにかの儀式をやっているのだ、と思った。

おれは草むらのあいだから彼らを観察した。彼らが去らなければ、おれもその場を去ることができなかった。数分後、年長者のひとりが立ちあがり、鍋に小さな樹皮を浸した。そしてそれを取り出すと、なにか白いもので覆い、それをなめた。それから彼は、意味不明な言葉を一、二語うめいた。すると全員が立ちあがり、鍋に樹皮を浸し、うめき、なにかのしぐさをした。

それは〝パショファ〟という食べ物だった。ひき割りトウモロコシのようななにかを調理したトウモロコシ。彼らのようすから、とてもおいしそうだった。みんな半時間ほどもくもくと食べていた。おれは、口のなかによだれをためながら見ていた。立ち去るとき彼らが鍋をおいていってくれないかと思ったが、それはまずありえないこともわかっていた。インディアンはいつだってきれいに後かたづけをする。いずれにせよ、もしも彼らがそれをおいていっても、どうやって向こう岸にわたるのかわからなかった。

鍋のところにいた男――まじない師だと思う――をのぞいた全員が、小川にむかってかがんだ。そして、全員が小さな岩か石を手に取った。彼らはそれを砂の上に積みあげた。それからふたりが茂みのなかに入っていき、姿を消した。

その後二、三分、なにもおこらなかった。彼らは彫刻のようにじっとして、だまってただすわっていた。やがて、茂みがざわつきはじめ、ふたりのインディアンがもうひとりの男の背中を押しながら戻ってきた。

男は両の足首をロープでつながれ、両手はわきに縛られていた。顎が胸につくほどうなだれていた。まじない師は彼にむかってなにかうめきはじめた。早口で語気鋭く。すると、男は耐えられないかのように、ゆっくり頭をあげた。

エイブ・トゥーレイトだった。

12

薄暗いなかに立っていて、おれとの距離もかなりあったのに、彼は青白く見えた。白人だろうとインディアンだろうと、あんなに恐怖におののく顔は見たことがなかった。なにか言おうとして唇が動いたが、そんなことはしてはいけないようだった。まじない師が彼にむかって金切り声をあげはじめたからだ。そしてわきにいたふたりのインディアンが、彼を地面に投げ飛ばした。

彼は仰向けになり、もしかしたら息ができなくなったのかもしれなかった。いずれにせよ、動きもしなかったし、二度としゃべろうとしなかった。

半円を描いていた者たちが広がった。まじない師はポケットから貝殻を二枚取り出し、そばにいたインディアンたちにわたした。受け取った者はわきにいた男たちにそれをまわし、さらにそのふたりが貝殻をまわした。貝殻は男から男へ手わたされ、最後に小川のすぐそばにすわっていた男ふたりに手わたされた。

彼らのひとりが小川にかがみ、貝殻で水を汲むようなしぐさをした。しかし、それはあくまでしぐさで、実際にはやっていなかった。彼は、貝殻をわたされたときと逆の順で戻した。彼の向かいにいたインディアンがちょっと時間をおいて同じことをやり、貝殻を戻していった。

まじない師は、エイブのわきにしゃがんだ。彼はエイブの鼻をつまみ、口をあけさせた。このときまでには貝殻のひとつが戻ってきていて、彼はそれをひったくるようにして受け取ると、エイブの喉に〝中身〟を全部あけた。そして貝殻をまた順に送った。それから、もうひとつの貝殻を受け取ると、中身をエイブに全部あけ、それを戻した。さらに、もう一度最初の貝殻を受け取ろうとして手をのばした。

何度も何度もおこなわれた。適度な速さで貝殻が行き来し、エイブの喉に〝水〟を流し込みつづけた。ほんとうにおこなわれているのではないことはわかっていた――動作だけがくり返されていた――しかし、とてもほんとうらしく見えたので、おれは息苦しくなった。エイブが〝処刑〟されているように、部族の古くからの方法でおれまで溺死させられているかのようだった。

まじない師は立ちあがり、二枚の貝殻を自分のポケットに戻した。彼は鍋へ歩いていき、樹皮で〝パショファ〟を少しすくい、それをエイブのところへもっていった。それを彼にさし出し、ぐいと突き出して、急に引っ込めた。すると、エイブは立ちあがった

――一連の出来事のあいだに、なぜか彼を縛っていたものがほどかれていた。だが、もちろん、彼は〝パショファ〟に手を出さなかった。

死人は、食べないのだ。

まじない師は、樹皮を砂の上においた。そしてそばにしゃがみ、ほかの者たちが集めた小石に手をのばした。ほかの者たちが寄り集まって半円になると、エイブはその外に立つことになった。

まじない師は樹皮に小石をいくつもおき、それを重ねていった――石でできた粗末な小屋、すなわち〝ウィキアップ〟をつくったのだ。その〝ウィキアップ〟がエイブの墓だった。そして、樹皮が彼の遺体だった。

みんなもう一度立ちあがって、きっちり半円をつくった。エイブは彼らの視界の外におかれた。やがて半円は散開し、インディアンたちは鍋の内側をこすってきれいにしはじめた。処刑も埋葬も終わり、彼らは立ち去る用意をはじめた。

しかし、エイブはすでに去っていた。みんなが彼に背をむけているあいだに、姿を消していた。おれはインディアンではないが、彼の身におこったことが人間におこる最悪のこと――肉体的に危害をくわえられたわけではないが――であることを知っていた。

数年まえ、天然痘が大流行したとき、古いオセージ族のインディアンがひとり死んだ。医者が全員、彼の死を宣告した。親族や友人たちが彼の家へやってきて、弔いをはじめた。だが、ほんとうは彼は死んでいなかった——昏睡状態に陥っていたにすぎなかった——そして、周囲の騒々しさで彼は覚醒した。ベッドで起きあがり、いったいなにごとだとみんなに訊いた。だが、だれひとり彼がしゃべった声を聞かなかった——声が聞こえたことをだれひとり認めようとしなかった。彼らは立ちあがって、歩き去った。

ほかのオセージ族にとって、その日以来彼は存在しなくなった。彼は〝死んだ〟のであり、死人が甦ることはなかった。だれひとり彼に話しかけなかった。通りで彼がだれかに話しかけても、相手は彼を無視してそのままとおりすぎた。

彼は、オクラホマでもっとも裕福な男のひとりだった——油田の地主だった。それで、彼が孤独のうちにほんとうに死ぬと、彼の葬式には大勢が参列した。しかし、オセージ族はだれひとり葬式にやってこなかった。彼の親族や友人や彼が気にかけていた人など、オセージ族にとって、彼はもう何年もまえに死んでいた。

そして、今後はエイブ・トゥーレイトも死んだことになる。すべての純血のインディアン、彼らの影響下にあるすべての混血のインディアンにとって。実質的にはすべてのクリーク族にとって。彼らは、エイブがなにをして〝処刑された〟のか告げられることはない——年取った純血インディアンたちは、それを秘密にする。さもないと、白人たちがエイブの処罰を引き継ぐことになる。年取ったインディアンたちは、自分たちの信じる正義のほうを好む。彼らは、自分たちの血族をさしおいて白人の側に立ったりしない。

しかし、混血たちは彼が〝処刑された〟理由を知る必要がない。ちゃんとした理由もなしにそんなことがおこなわれたはずがないとわかっているし、詮索せずに〝死なせて〟おくほうがいいとわかっているのだ。

インディアンたちが去るのを、おれは見ていた。彼らは〝パショファ〟の鍋を引きずりながら、草むらのなかを歩いて姿を消した。いったいエイブはなにをしたのかとおれはいぶかった。そして、年長者たちはどうやってそのことを知ったのか、と。もちろん、彼らはいろいろなことを知る方法を知っている——彼らが知らないことがおこることなどないのだ。もちろん、エイブは長年にわたって部族の不名誉になるようなことをやってきた。盗み、嘘、泥酔。おそらく、すべてが積み重なって、部族は〝殺す〟ことで彼を罰しようとしたのだとおれは思った。

おれは起きあがり、すべてのことを頭から追い払おうとした。立ちあがろうとすると、両脚に力が入らなかった。水面を見おろして、体を震わせた。あと十フィートでも小川を歩いたら、顔から突っ伏して二度と立ちあがれないだろう。

何時ごろか知ろうとして、木々のあいだを見あげた。暗くなるまであと二時間くらいだろうと思った。暗くなるまで待たなければならない。

おれは靴をぬぎ、両足と両脚をこすってあたためはじめた。握り拳でごしごしごしごしたりたたいたりした。痛かったが、血がかよってきて、あたたかくなった。立ちあがり、草むらで足を踏みならした。同時に羽ばたくように両腕を振った。それからちょっと休んで、もう一度同じことをくり返した。これからも生きつづけたいのならそうしたほうがいいような気がした。そして、おれはこれからも生きつづけたかった。

戻ってくると親父に宣言したとき、おれは冗談を言ったのではなかった。長く生きられないのなら、そうするだけ長くは生きてやる。

おれは彼のことだけを考え、連中がおれをさがすのをあきらめたらどうやって戻ろうかと考えた。戻るなら夜にしよう。あるいは早朝に。彼らが起き出すまで薪小屋に隠れていよう――彼らが火をおこして、朝食の席につくまで待つ。それから斧を取るが、そのときまでに刃をしっかり研いでおく。そして、こっそり庭を横切る。

音を立てずにポーチにそっとあがり——ドアの正面までいく。そして、彼らがとてもゆっくり視線をあげる。おれは彼らにむかってにやりと笑う。にやっと笑って斧を振りまわし、斧をまた肩にかつぐ。

そうするつもりだった。おれにはわかっていた——ときには直感というものが働く——おれが計画したとおりになることはわかっていた。

暗くなった。

おれは這いつくばって、上方の畑へつづく坂をのぼった。数分休んでから、ふたたび構脚橋のほうへむかった。

構脚橋までは思ったほど遠くなかったが、もしもっと遠かったらたどりつけなかった。おれは両手と両膝を使って構脚橋をわたり、反対側の岸に崩れ落ちた。しばらくそこにいた——数分気を失っていたにちがいない。おれは這って坂をのぼり、フェンスの下までできた。そしてフェンスの支柱を両手でつかみ、体を引きあげ、よろよろと畑を横切った。

暗い夜だった。もちろん、それはよかった。しかし、おかげで歩くのが二倍たいへんだった。おれはずっとよろめき、倒れ、そのたびに立ちあがる苦労が増した。脚と足首に関節が入っていないかのようだった。腕立て伏せで体を押しあげなければならなかった。まず腰をもちあげ、立ちあがるのに成功するまでに六回くらい顔面から地面に突っ伏した。

畑の反対側の端のフェンスまでたどりつくと、フェンスの下をくぐり、ふたたび体を引きおこした。彼女が町のはずれに住んでいてくれてほんとうによかった。この果樹園を所有してくれていてよかった。

木々に抱きつき、つまずきながらよろめいて果樹園を進んだ。走るような足取りでふらつきながら庭を横切り、家の裏の階段に倒れ込んだ。

階段を拳でたたくと、彼女――ミス・トランブルが出てきた。

「まあ、いったい――なんてこと！」彼女は言った。「たいへん！」

そして、おれはふたたび気を失った。

13

気がつくと、キッチンのテーブルにむかってすわっていた。彼女はおれにコーヒーを飲ませようとしていた。おれがむせて、咳き込むと、彼女はカップを遠ざけた。それからもう一度、おれの口へカップをもってきた。おれは息もつかずにコーヒーを飲んだ。

「どう?」彼女は言った。「少しは気分がよくなった?」

「はい、先生」おれは言った。

「いったいどうして――いえ、やめておきましょう、いまは! 歩ける?」

「そ、そう思います」おれは言った。

「手伝うわ。わたしに寄りかかるのよ。まったく手のかかる生徒ね! ほら、こっちよ。あなたのために熱いお風呂を用意したわ」

ミス・トランブルがおれに腕をまわしてくれて、おれたちは階上へあがった。彼女は浴室へ連れていってくれた。そして、おれを便座に腰かけさせ、体を安定させた。

「少し元気が出た?」彼女は言った。「自分で服をぬげる?」

「はい、先生」おれは言ったが、まだ元気はあまり出ていなかった。「ええ、できます」

「だったらそうなさい。できるだけはやく浴槽に浸かったほうがいいわ。いまもってきてあげる……」

彼女はドアをあけっ放しにして出ていった。そして寝巻きをもって戻ってきたが、おれはまだ片方の靴しかぬいでいなかった。

「これなら合うと思うわ」彼女は寝巻きをフックにかけながら、言った。「わたしの父のものよ。亡くなった父のね。でも――どうしてその服をぬがないの!」

「だって、その――待ってたほうがいいと思って」おれは言った。

「でも……あら、そうだったわね!」彼女は言った。「わたしったら!」彼女は急いで浴室を出ていき、ドアを勢いよく閉めた。

おれは服をぬぎ、浴槽に入った。以前ほんものの浴槽に浸かったことはなかったが、なにも苦労はしなかった。お湯に浸かると、あたたかさが体に染みいった。長いこと寒い目に遭ったあとであたたまることほど気持ちのいいことはあまりないと思う。お湯が顎にくるまでおれは腰をずらし、目をつむった。そして――

ドアを大きくたたく音がした。

「トマス! トマス・カーヴァー! そこで眠ってるの?」

「いいえ、先生」おれは言った。「もうすぐ出ますよ、ミス・トランブル」

「じゃあ、さっさとなさい。寝巻きを着るまえに体をよくかわかしてね。肺炎にはなりたくないでしょう?」

「ええ、先生」おれは言った。

「そりゃそうよ!」彼女は言った。「肺炎になりたい人なんていないわ。当然よ」

おれが浴室を出たとき、彼女はドアの外で待っていた。そして浴室のとなりの部屋におれを連れていき、大きな四柱式ベッドのカーテンを引きさげ、手招きした。おれはベッドにあがった。

「そのカーテンはおろしたままでいいわ」おれがカーテンを引きあげようとすると、彼女は言った。「いまからあなたの胸をマッサージしてあげる——いいえ、そのまえにこの錠剤を飲んだほうがいい」

おれは錠剤を受け取った。キニーネみたいな味がした。彼女はにおいのきついなにかをおれの胸にすり込んで、マッサージをはじめた。それを終えると、分厚いフラノの布を胸に広げ、寝巻きの襟元のボタンをかけた。

「これでいいわ」彼女は言った。「なにか食べられる?」

「ほとんどなんでも」おれは言った。

「ローストビーフはどう?」

「ええ――それでけっこうです」おれは言った。

彼女はちょっと眉を曇らせた。「ローストビーフは好きじゃない?」

おれはもう熱っぽくないようだったが、顔が赤くなるのを感じた。「よくわからないんです」おれは言った。「食べたことがないもんで」

彼女はそそくさと部屋を出ていき、階段をおりた。キッチンで彼女が食事の用意をしている音が聞こえた。頭のなかではいろいろなことを考えていたものの、仰向けになって頭を枕につけ、あたたかさと気分のよさを感じていた。彼女がハミングしたり、ときに歌詞をうたったりするのを横たわって聞いていると、なにもかも晴れやかで平和に思えた。

イン・ザ・スウィート、バイ・アンド・バイ、
フムム、フム、フム、
あの美しい川のほとりで会いましょう。

フムム、フムム、フムム。

インン・ザ・スウィート……

彼女はふたたび階段をゆっくりあがってきた。部屋に入ってきたとき、その理由がわかった。彼女は五フィート四方もあるにちがいないトレーを運んでいた。食べ物がとてもたくさん載っていたので、皿同士のすき間が見えないほどだった。ローストビーフを載せた大きな皿があった——おいしそうだということがわかった——それに、ブラウン・ポテト、クリームソースをかけたトウモロコシ、青菜、大きなアップルパイひと切れ、コーヒー、それに——

おれはベッドで半身を起こし、行儀を思い出すまえにトレーに手をのばした。

彼女はトレーをおれの膝の上におき、さがった。彼女のメガネが明かりに反射してきらめいた。

「気分はどう、トマス?」

「いいです」おれは言った。そしてフォークを取ったが、もう一度下においた。「まだちょっと弱ってますが、でも——」

「食べれば元気が出るわよ。わかってるでしょうけど、ここでは歓迎よ。わたしはあなたを知っているし、あなたがあんなひどいことのできる人じゃないこともわかっている。そんなことはしていないってわたしに言う必要もないわ。でも、今夜話してみようという気になったら……」

「その気になりますよ」おれは言った。「いまでも話せます。あなたが知りたいことはなんでも」

「いいえ。食べ物が熱いうちにお食べなさい。いずれにしろ、わたしだけでなくレッドバード先生にも話をしてほしいわ。彼にここへきてもらいたい」

「いや」おれは言って、眉をひそめた。「そ、そ——それについてはわかりません、ミス・トランブル」

「トマス。いまになってもあなたの味方がだれだかわからないの?」

「わかってますよ、先生」おれは言った。「ただ、そんなことをしてなんの意味があるのかわからないんです。おれがしたいのは、自分自身を取り戻すことだけです。そうすれば……」

「それじゃだめよ!」彼女は言った。「だめ。それじゃだめ。いままでのところ、あなたは無分別な行為をしたこと以外なんの罪も犯していないわ。愚かだっただけ……」

「でも、みんなにはそう見えませんよ。おれはまちがいなく罪を犯していて、無実だってことを証明できない」

「いえ、できるわよ」彼女はきっぱりと言った。「でも、状況としっかり向き合わなければだめ。逃げてもなにもなし遂げられない。レッドバード先生にきてもらいたいわ。彼ならどうすればいいかわたしより知っているでしょう」

「そうですか」おれは言った。「先生がそうしたいのなら、そうするんでしょう」

「トマス……」彼女は悲しそうにかぶりを振った。

自分がそっけなくて恩知らずに見えたにちがいないと思った。

「すみません、ミス・トランブル」おれは言った。「レッドバード先生と話しますよ。ほんとに話します」

「よかった!」彼女は言った。「それでいいのよ。彼に電話します。そして――どうしたの?」

「電話ですか」おれは言った。「たしか先生のところは共同加入電話でしょう? そうすると……」

「そうだったわね……」彼女はためらった。「そうね、もちろんなぜ彼に会いたいのか言う必要はないでしょう。でも――たぶんあなたの言うとおりよ。彼の家まで走って呼んでくるわ。時間はたいしてかからない」

「先生をこれ以上わずらわせたくありません」おれは言った。

「なにを言ってるの!」彼女は言った。「ぐずぐず言うのはやめて。わたしはあなたになにも教えてこなかったの? 食事をなさい!」

「はい、先生」おれは微笑んで、食事にいそしむことにした。

彼女が去ると玄関のドアが閉まる音が聞こえた。ローストビーフはおいしかった――しかし、おれはふと口を動かすのをやめた。彼女にレッドバード先生を迎えにいかせたのはまちがいだったのではないかという思いが浮かんだ。だが、それは雑念みたいなものだった――暗示的な虫の知らせでさえなかった。これまでのような経験をしたあとでは、なんの理由もなく神経過敏になりがちだった。それで、雑念を振り払い、食事に戻った。

約三十分後に食事を終わったが、そのとき彼らが玄関先の階段をあがってポーチを横切る音が聞こえた。ドアがあいて閉まり、ミス・トランブルが階上にむかって叫んだ。

「トマス？　だいじょうぶ？」

「はい、先生」おれは叫び返した。「だ、だ——だいじょうぶです」

「みんなのためにもっとコーヒーをもっていくわ」彼女は言った。「階上《うえ》へあがってください な、レッドバード先生」

校長は階上へあがってきた。おれは戸惑いを感じて、ちょっと緊張した。もちろん、緊張する必要などなかった。おれが起きようとすると、彼はウィンクして、おれを枕に押しつけた。片手をおれのひたいにあて、物思いにふけるようにパイプをふかした。目にはあたたかみがあり、物腰はものやわらかだった。

「どうやら元気そうだな」彼は笑いを浮かべて、腰をおろした。

「はい、先生。なんとか」おれは言った。

「心配しなくていい」彼は言った。「なにもかもきっとうまくいく」

ミス・トランブルが入ってきた。彼女はコーヒーを載せたトレーをテーブルの上におき、食事が載っていたトレーをドレッサーに移し、みんなにコーヒーをついだ。

「さて」背もたれがまっすぐな椅子に腰かけて、彼女は言った。そして、おれにうなずいた。「さあ、トマス！」

おれは話しはじめた。

話すべきことはすべて彼らに話した。話さなかったのは、おれにとってドナがどれほどだいじな存在であるかということと、メアリがしたふしだらな行為だった。だが、彼らは詳細をすべて聞かなくても理解してくれたことがわかった。

おれは話し終わった。ミス・トランブルはレッドバード校長を見た。

パイプの柄を歯に打ち当てながら、彼はちょっと眉をひそめてすわっていた。

「そうするときみは」と、ついに彼は言った。「お父さんがやったと思うんだな?」

「まちがいありません」おれは言った。

「きみを窮地に追いやるため? どうかな、トム。そんなことをしたら危険を冒すことになるだろう。わたしには極端な思い込みのように思える」

「おれを窮地に追いやるなんて生ぬるいもんじゃありませんよ」おれはぶっきらぼうに聞こえないように言った。「親父はおれを殺そうとした――殺そうとしたも同じなんですよ。そしてメアリがドナのことを吹き込むと、親父はそのときもおれをひどい目に遭わせようとした。彼にとっては、おれにひどい仕打ちをするくらいじゃ充分じゃないんです。彼がしたかったのは……」

「ふうむ、そうか」彼はあまり納得していないようだった。「彼がミスター・オンタイムを殺したかもしれないほかの理由は思いつかないか?」

「そうだな」おれは言った。「石油のことがある。ミスター・オンタイムがいなくなれば、ドナは自分たちの土地を採掘に貸すだろうし、親父は自分の土地を貸すことができる」

「きっとそれだわ!」ミス・トランブルが言った。

しかし、レッドバード校長はかぶりを振った。

「そうとは思えないな。根本的に矛盾がある。彼がたんにマシュー・オンタイムを殺しただけならそういう動機も考えられる。だが、彼を殺してその罪をトムにかぶせようとしたなら、納得がいかない。自分の父親を殺した男の父親にドナが協力するなんてことはありえない」

「そうね……」ミス・トランブルはためらった。

「だけど」おれは言った。「おれは断じてやってない」

「だったら、トム」レッドバード校長は笑いを浮かべた。「きみはしばらくその寝巻きを着ていなさい」そう軽口をきいたあと、彼は付け足した。「もちろん、きみの父親がミスター・オンタイムにいだいていた憎しみという大きな要因は見逃せない。それだけでは彼を突き動かす——彼におそろしい危険を冒させる——のに充分でないが、その憎しみときみに対する憎しみを合わせると……」

「そして自分には失うものがなにもないと親父は感じていた」おれは指摘した。「親父にのこされていたのは、おれとミスター・オンタイムに対する憎しみを晴らすことしかなかった」

「なるほど」彼は言った。「なるほど、それはほんとうかもしれない。しかし、まだ……」

彼はいったん間をおき、眉をひそめてパイプの火皿をのぞき込んだ。

「ちょっと訊きたいんだが」彼は言った。「きみのお父さんが農園へいってまたミスター・オンタイムと言い争った可能性はあるか?」

「いいえ」おれは言った。「親父はそんなことしないでしょう。意地っ張りで偏屈なんだ。いずれにしろ、そんなことをしてもなにも変わらないとわかっていた」

「なぜ訊いたか教えよう、トム。きみもわかるだろうが——」彼は不安そうに眉をひそめた。「ある意味で、なにもかもとても明白なように思える。きみのお父さんは、きみとオンタイムを憎んでいた。彼はきみのナイフをもっていたし、メアリに自分のアリバイを証明してもらえた。だから、殺人を犯した。計画的に……」

「まちがいなく親父がやったんです」おれは言った。

「たぶんな。やったにちがいないように思える。しかし、計画的というのが引っかかる。ミスター・オンタイムは長時間働くが、彼にしても雇い人にしても、深夜まで家の外にいるというのはまずないことだろう。きみのお父さんもそれくらいわかっていた。家の外で彼をとらえるチャンスはほとんどないとわかっていた。だが、お父さんは家のなかへはあえて入ろうとしなかったはずだ。だとしたら、なぜ……？」

「わかりません」おれは言った。「もしかしたら、親父はあまり論理的な人間じゃないんだ。彼は……」

「わかるよ。お父さんは仕返ししたかった。そして、ほかのことはどうでもよかった。きみが家を出ていくことを計画していたから、彼としてはやるならゆうべしかなかった……そうだ、そういう可能性もある。彼はミスター・オンタイムを家の外で見つけられるかどうかわからなかったが、可能性はあって、不幸なことにそれが現実になってしまった。しかし」——彼はふたたびかぶりを振った——「まだそうときまったわけじゃない。殺人は口論の果てにおこったという考えを捨てられない。だとしたら、計画的ではなかった」

「でも、いま言ったじゃないですか……」

「殺人の凶器などどうでもよければね、トム。どう考えても説明がむずかしい。マシュー・オンタイムは強くて活力にあふれた男だった。ほかに確実な凶器がいくらでもあるのに、お父さんはなぜ彼を殺すのにポケットナイフなんか選んだんだ？」

「そうしなければならなかったからだ。犯人をおれと特定させるためにおれのナイフを使わなければならなかった」

「だが、あんなもので人を殺せる確率はまったく低い。マシュー・オンタイムは、ひと突き食らうまえに彼からそれを取りあげることだってできた」

「親父は一か八かに賭けたんだ」おれは言った。「ものすごく怒っていて、あとさきの見境もつかなかった」

「そうだな。だが……」

ミス・トランブルが咳払いをした。「わたしの思うところ、わたしたちがしなければならないのは、トマスの無実をあきらかにすることよ。そのなにがそんなにむずかしいの？　この――このメアリという女性はトマスにある種の遺恨があって、しかも彼女は完全に彼の父親に支配されている。言いたいことも言えず彼の言いなりだったし、保安官は彼女の嘘を見抜けるほど頭がよくない。する必要のあることは、彼女をいまの境遇から切りはなして、目ざめさせることよ。彼女はきっとさっさと自分の話を変えるわ。殺人がおこなわれたときカーヴァーがなにも知らずにベッドにいたっていうアリバイを忘れる」

「でも、それじゃ彼がやったという証明にならない」

「証明する必要はないわ。彼と彼女が両方とも嘘つきだって証明になるし、トマスの居所に関する彼らの証言が純粋な悪意に基づいているっていう証明になる。わたしたちが証明しなければならないのはそれだけよ。あとは保安官がどう判断するかにかかっている」

レッドバード校長は逡巡した。「そうだな」彼は認めた。「それができれば、きっとメアリの話を覆す役に立つだろう」

「役に立つ?」おれは言った。「どうして役に立つだろうなんて曖昧なことを言うんです? つまり、それじゃミス・トランブルが言うことと同じじゃないですか。あとは保安官の判断にかかっているって」

彼はなにも言わず、カーペットに視線を落とした。おれは待ったが、やっとわかった。

彼がなにを考えていて、なにを口に出せないでいるか。

「なるほど」おれは言った。「凶器はおれのナイフで、おれはそれをなくしたことを証明できないし——おれはすぐに頭に血がのぼる。みんなが就寝したあとに、農園へこっそり出かけていったこともある。細かいことがわからなくても、おれのほうが親父よりずっと殺人に関係しているように見えるわけだ」

「まあそんなところだ」校長先生は冷静に言った。「だが、きみがやっていないことを、もしお父さんとメアリが断言すれば——」

「もうどうにもなりませんよ」

「そもそも彼らふたりのしわざであるかのように言い張るのは無理があるだろう。しかし……」

「ちょっと待って」ミス・トランブルがコーヒー・カップをソーサーにガチャンとおいた。「あなたたちの話はわき道にそれてばっかり。トマスの父親に話を戻しましょうよ。当然のことながら、彼は罪を負わせようとしている息子を助けるつもりなんかないから、そのことを議論してもむだだわ。わたしたちがする必要のあるのは、彼のアリバイが当てにならないって証明することよ。それを証明すれば、彼が嘘をついている事実以上のことを証明できる。そう思わない？　彼が殺人を犯していないのなら、どうしてアリバイなんか必要なの？」

レッドバード校長の顔に大きな微笑みが広がりはじめた。彼は、突然膝をたたいた。

「そうだよ、もちろん」彼は笑いながら言った。「トムのお父さんは、十中八九自分が殺人を犯したことをメアリに話しただろう。そして、彼女にアリバイの証言をしてもらいたがった。もちろん、彼女の証言は伝聞証拠にしかならない。だとしても、わたしたちがまだ直面している問題は……」

「わたしたちじゃありません！」ミス・トランブルがきっぱりとした口調で言った。「アリバイ証言を信じるか否かの問題に直面しているのは、保安官です」

「わたしがまちがっていたようだ。もし――とにかく、わたしがまちがっていたようだ」校長は笑みを浮かべた。

「よかった」ミス・トランブルは言った。「ところで――コーヒーはもっといる？　わたしはもうけっこうよ――さて、今夜はなにをするにももう遅いし、あすの朝は学校へ出勤するまえにほとんど時間もないでしょう。でも、午後はやくには下校できるんじゃないかしら。二時ごろには」

「はやく下校できるかどうかはべつにして、そのつもりでいよう。わたしはブランデンと話して――わたしたちが今度の事件にたいへん強い個人的関心をもっていることや、メアリに徹底的な尋問をしてほしいと思っていることを話しておくよ」

「保安官が彼女に徹底的な尋問をしてくれるかどうか、わたしたちもいっしょにいて見守りましょう」ミス・トランブルは言った。

「そうしよう」校長先生はたちあがって、ズボンに落ちたタバコのカスを払った。「トムは今夜ここに泊まるのかね?」

「当然ですよ」ミス・トランブルは眉をひそめた。「ほかにどこに泊まるって言うんです?」

「ちょっと考えたんだ。彼がここにいることが知られたら……」

「ここに泊まる必要なんかありませんよ」おれは言った。「もうすっかり気分がよくなりました。おれは……」

「いや、いや」レッドバード校長がすかさず言った。「どこかに隠れるべきだと言うつもりじゃなかった。ずっと逃亡していると、きみの不利益になるかもしれないと思ったんだ」

「でも——でも、隠れていなきゃならない」おれは言った。「ほかにおれになにができるんです?」

「なにもできないわ」ミス・トランブルは言った。「あなたはすべてが片づくまでここにいるのよ。シェードをおろしておくから、あなたは玄関のドアのノックや電話に答えなくていい。きっとすべてがうまくいくから」

レッドバード校長は、ためらいを見せた。それから微笑みがよみがえり、彼は片手をさしだした。「もちろんすべてうまくいくさ」彼は言った。「結局、たった一日のことだ。実際には一日もかからない」

おれたちは握手をし、おやすみを言い合った。ミス・トランブルは校長先生といっしょに階下におり、玄関までいった。彼が帰るまで、ふたりは数分間話していた。なにを言っているのかは聞こえなかったが、ちょっと言い合いをしていたようにも聞こえた。ようやく玄関のドアが閉まると、ミス・トランブルは階上に戻ってきた。

彼女はトレーと皿を片づけはじめた。それから手をとめ、おれを見た。「どうしたの?」彼女は言った。

「ほんとにおれがここに泊まってもいいんですか?」

「よくなかったら、そう言うわよ」彼女は言った。彼女はきっとそうするだろうと思った。おれは、微笑んだ。

「ほかになにか?」彼女は言った。「言ってごらんなさい。よく考えてから言ってもいいのよ」

「よく考えたりなんかしません」おれは言った。「ちょっと気がかりだっただけです……」

「気を遣うのなんかおよしなさい。レッドバード先生が心配しているのはあなたのことだけよ——自分のことやわたしのことじゃありません。彼はあなたの佳き友人よ、トマス。彼がどんなふうにふるまおうと、それだけはよくおぼえておきなさい」

「はい、先生」おれは言った。「じつは、校長先生も大好きなんです」

「よかった。ずっとそうでいて。さあ、もう寝なさい」

「はい、先生」おれは言った。

そして、そのとおりにした。

翌朝は十時ごろまで目がさめなかった。もちろん彼女は出かけていたが、ドレッサーにメモが立てかけてあった。以下のように書いてあった。

トマス・カーヴァー

すべきこと……

オーヴンであたためてある朝食を食べなさい

冷蔵庫に入っているサンドウィッチ（昼食）を食べなさい

できるだけ体を休ませなさい

くつろいで

すべきでないこと……

心配

家事

ミス・T。

彼女はおれの服を洗濯して、アイロンをかけ、椅子の上においておいてくれた。おれは長いこと熱い風呂に浸かり、服を着て、キッチンへおりていった。

オーヴンには、ハムと卵と自家製パンが載った大皿が入っていた。コーヒー・ポットには半分コーヒーが入っていて、まだあたたかかった。おれはすわって、パンくずしかのこらなくなるまで朝食を食べた。コーヒー・ポットは空っぽになった。それから皿を流しにもっていき、本を一冊もって階上へあがった。靴をぬぎ、ベッドで足をのばした。しかし、じっと本を読んでいる気になれなかった。それほど気分がよかったのだ。脚はまだちょっとこわばっていたが、なによりも心のなかではいままでで最高にいい気分だった。

きのうのいまごろは、冷たく凍てつく小川を足首を捻挫して歩き、世の中に希望などまったくもてなかった。ところがいまは、快適で清潔であたたかなこの場所にいて、希望とそれ以上のものをもっていた。希望は不確かなものだが、いまおれは確信をもっていた。なにもかもうまくいくことがわかっていた。

ミス・トランブルとレッドバード校長先生以上にすばらしいふたりの友人をもっている男なんて、オクラホマにはいないと思った。そして、おれは彼らを失望させられなかった。彼らにはおれを誇りに思ってもらいたかった。おれにはあると彼らが信じるものをおれが実際にもっていることを、示したかった。

仰向けになって、頭のうしろで手を組み、爪先をくねくね動かし、すっかりいい気分でときどきにやけたり身をよじったりした。過去を振り返ってみた――意気がっていたころを――しかし、もう意気がるのはやめよう。他人に正しい考え方をしてもらえるようできることをするのだ。

おれたち白人の考え方は、自分たちの悪いところの少なくとも三分の二を反映しているように思えるからだ。

おれたちは、ふたつの文明をいっしょに存続させようとしていた。インディアンも含めれば、三つだ。だが、それをうまくやった国はいままでどこにもない。おれたちはたがいに苛立ち、たがいをうさん臭く思っていた――トラブルの根っこを突きとめて対処するかわりに、たがいに戦っていた。

思い返すと、自分がはまった窮状は、なにもかもまちがった考え方をしていたせいだとわかった。

エイブ・トゥーレイトはおれをトラブルに巻き込もうとした。だが、もしおれが人種のことで彼を刺激しなかったら、そんなトラブルは避けられた。

サンダウン酋長は、ムチでおれを農園から追い払おうとした。当然、おれはそれを気に入らなかった。しかし、おれをほんとうに怒らせたのは——同時に人に知られることをおそれ、がまんならなかったのは——彼にやられたことだった。

そしてミスター・オンタイム。親父のように強情っぱりで卑屈な彼は、白人の地主とはあんなふうな口もきかなかったし、言い争うこともしなかった。

そして——

だが、おれはもうそんなふうにやっていくつもりはなかった。ハイスクールを終えられるように、町でなにかの職につく。そして大学へいく——とにかく、法律の教育を受けるために。手はじめにそこからはじめる。いろいろなことを変えるために。法律。そして……

そしてドナ。彼女は、当然親父に対してかなり強い感情をもっている。しかし、おれほど強い感情はもっていない。そして、おれは自制心を失うことがままある。だが、だいじょうぶだ。いずれすべてうまくいくだろう。べつの場所へいくことができるなら——そうするつもりだが——彼女の金を当てにすることもないだろう……

おれはちょっと顔をあげ、ドレッサーの上にある時計を見た。もうすぐ正午だったが、ちっとも腹が減っていなかった。

あくびをし、仰向けになった。かけぶとんを引きあげた。長く、深く、ゆっくりとため息をつき、目を閉じた。

友人。おれは思った。もてれば最高だ。だが、だれが友人か見きわめるのはほんとうにむずかしい。

おれは眠った。

ドレッサーの上にある目覚まし時計が鳴った五時十五分に目がさめた。きっとミス・トランブルがその時刻を設定して、おれが寝ている部屋にもってきたとき設定しなおすのを忘れたのだろう。そんなに長いこと眠っていたのが信じられなかった。ミス・トランブルとレッドバード先生の帰宅が遅いのはなぜだろう、と思った。

おれは浴室へいき、顔を洗い、髪を梳かした。寝室に戻り、靴をはいた。少し心配になりはじめた。なにかまずいことなどおこるはずがなかったが、しかし——おこりっこない！　おれの味方である彼らにいったいなにがおこる？　心配したり疑っていたりする自分にちょっと腹が立ち、本をひったくると読もうとした。

もう帰ってきてもいいはずだ。いますぐにでも。おれは時計が時を刻む音に耳をかたむけた。いますぐにでも——当然。

ふたりは、いっしょに階段をあがってきた。ミス・トランブルがまえを歩いていた。そして、彼らはひどくゆっくり歩いているように思えた。だが、むろんおれには遅く思えたにすぎない。

彼らが部屋に入ってくると、おれは立ちあがりかけた。だが、またベッドに腰かけた。

「なにか……なにかあったんですか？」おれは言った。

「とんでもない！」ミス・トランブルは言った。しかし、おれの目から目をそらした。

「なんにもないわよ！　あなたは元気になった？」

「気分はいいです」おれは言った。「でも……」

「ちょっとだけ手間取ってね。でも、きっとうまくいくわ。あまり気をもまないで。とにかく、わたしたちは冷静でいる必要がある——それに……」彼女はくるりと向きを変え、ドアへむかいはじめた。「レッドバード先生が説明してくれるわ。あなたは彼の言うことをしっかりお聞きなさい、トマス」

「はい、先生」おれは言った。「でも……」

「でも、はなし。あなたはただ——わたしは下へおりて夕食の支度をするわ」

急いで出ていこうとしたものだから、彼女は戸口でドアの脇柱にぶつかった。レッドバード校長は椅子に腰かけ、パイプにタバコの葉を詰めはじめた。

「トム」彼はゆっくりと言った。「ちょっと訊きたいことがあるんだ。答える気にならないかもしれんが、いいかい?」

「メアリの尋問はどうなりました?」おれは言った。「おれが知りたいのはそれだけです。彼女は……」

「いや、とりあえずそれはどうでもいい。ミス・トランブルとわたしと保安官は、午後のほとんどをあそこの家ですごしたんだ。そして彼女とわたしは、ミスター・オンタイムの死の状況を逐一検討した。それでわかったのは……」

「でも、そんなことは問題じゃない!」おれは言った。「とにかくおれは……ゆうべミス・トランブルが言ったとおりです。おれたちがしなきゃならないのは……」

「それに、きみはたぶんわたしがゆうべどんな立場を取ったかおぼえているだろう」彼はパイプの柄を振った。「なあ、よく聞くんだ、トム。自分がどんな境遇にあるのかはっきり理解しないといけない――状況をな」

「でも――」

「しっかり聞いてくれ、トム。とにかくいまはわたしの話を聞いてくれないか?」

「でもおれは……」おれは息を呑んだ。そして、言葉も呑み込んだ。「わかりました」

おれは言った。

レッドバード校長は長いことパイプを吸ってから、前かがみになり、両の腕を膝にのせた。「ここまではっきりしているのは」と、彼は言った。「マシュー・オンタイムが十時半に寝室へいったということだ。いつ起きて、また外へいったのかはだれも知らない。だれも彼の声を聞いていないし姿も見ていない。彼の部屋はいちばん奥にあって、専用の出入り口がついている。家族を起こさないで出入りできるようにするためだ。だから、彼は寝室へ引っ込んで数分後に起きたのかもしれないし、あるいは殺される直前まで寝室にいたのかもしれない……」

彼はちょっと間をおき、眉をひそめてカーペットに視線を落とした。

おれは言った。「おれにはまだよくわからない……」

「よく聞きなさい。さもなければ、ひとつ訊かせてくれ。きみはもう長いあいだこっそりドナと会っている。きみたちは恋人同士だった。そして、あきらかにきみたちふたりはいろんなことを話し合ってきた。個人的なことを親密に。彼女はきみに教えたのか

——きみはあの農園の住居の間取りをよく知っていたのか？　彼女の部屋がどこにあるか知っていた、ときみは言うが、彼女がきみに教えたのか……？」

「さあ——はっきりおぼえてない」おれは言った。「教えてくれたかどうかおぼえてないけど、教えてくれたかもしれない」

「なるほど」

「彼女はなんて言っている？」

「それは」——彼はためらいを見せた——「無理からぬことだが、彼女は神経が高ぶっている。だから、断定的なことはなにも言わないが……」

「そうでしょうね」おれは言った。「先をつづけてください。あとの話を片づけちゃいましょう」

「落ちつけ、トム。好きでこんな話をしているんじゃない」

「わかってます」おれは言った。「すみません、レッドバード先生」

「さて、サンダウン酋長と諍いをおこした夜のことだが、彼が割り込んできたあと、ミスター・オンタイムはきみと話したいと言ったのか？」

「言ったと思います」おれは言った。

「なのにきみは彼になんとも答えずにあっさり歩き去ったのか?」

「ええ」おれは言った。「それに、あとで会う約束なんかしませんでした。おれはあそこへ戻らなかったし……」

「トム」

「とにかく、おれは戻らなかった」おれは言った。

「わかっている。先をつづけていいかね? よろしい!……ミスター・オンタイムはちゃんと服を着ていなかった。足にはスリッパをはいていたし、下着の上にジャケットをはおっていた。だが、ズボンははいていたし、おそらく二百ドル入っていた財布をそこに入れていた。そして、死体が見つかったときも、財布は手つかずでそのままだった。言葉を変えれば、殺人の動機は強盗ではなかった……」

「もちろん、ちがいますよ!」おれは言った。「言ったでしょう——先をつづけて」

「彼は正面から刺されていた。あきらかに、彼は犯人と知り合いで、警戒する相手ではなかった」

「彼は犯人を知っていた」おれは言った。「そして、彼をおそれていなかった」

「犯人は彼を殺した。刺殺した。それから高さ五フィートあるフェンスの上まで遺体をもちあげ、内側に落とした。そうなんだよ、トム。それが全体のあらましだ。その状況をきみは知っていていいし、知る権利がある。だから、話しておく。もう一度おさらいしてみよう、ひとつずつ。

「一――」――彼は指を一本立てた――「きみのお父さんはオンタイム家の間取りに通じていなかった。二――ミスター・オンタイムは彼に会うためにわざわざ出かけたりしなかったろう。彼は、きみのお父さんに言うべきことをすでにはっきり言った。そして、それは最後通告だった。三――そしてこれが決定的要因だ、トム――お父さんはあのフェンスの上にミスター・オンタイムの体をもちあげることなんかできなかった。そんなことをするのは、物理的に不可能だったんだよ」

彼は厳めしくおれにうなずいた。血がどっと顔にのぼってくるのを感じた。両手が震え、おれは両手をポケットに押し込んだ。

「親父がやったんだ！」おれは言った。「できたのは親父だけだ。あれは強盗なんかじゃなかった。ミスター・オンタイムは、親父以外だれとでもうまくやっていた。彼を殺す理由をもっていたのは親父だけだ。どうやってやったかは知らない。おれがやったように見えることはわかってるけど、だれにもそんなこと言われたくないし、おれに疑いをかける材料がもっと出てくるなんて思わない……」

「トム！　その辺でやめておけ！」

「あなたたちがメアリと話してくれるものと思ってた。彼女に真実を語らせるものと。あなたたちがすべきだったのは、それだけだ。彼女はすぐに白状しただろう。どうしてそうしむけてくれなかったんです……」

「トム。トム！」

「おれは……はい、先生」おれは言った。

「わたしたちはちゃんとメアリと話したよ。保安官は十数回も彼女に揺さぶりをかけたが、揺さぶりきれなかった。彼女がもし嘘をついていたのなら、きっと説得できたろうがね。きみはその事実を認めないといけないよ、トム。きみのお父さんはマシュー・オンタイムを殺していないんだ」

「でも、おれは——親父は……」

「わかっている。彼とメアリは、きみに対する疑惑を解くこともできたろう——疑惑からきみを切りはなせた——ひとことかふたこと言うだけで。だが、彼らは正反対のことをやった。しかし、だからといって彼がマシュー・オンタイムを殺したという証拠にはまったくならない。とくに、反証という点において」

「で、でも――でも、ほかにはだれもいない」おれは指摘した。「おれ以外にだれもいない」

「いや、いるよ。ほんとうに殺人を犯した者がいる」

「でも、だれです――ほかにはだれも殺す理由をもってない！　親父がやったんじゃなかったら、おれがやったということになる。なにもかもが、犯人はおれだと指さしている！　だれもほかのやつなんかさがそうとしない。結局犯人は見つからず……」

「犯人をさがす必要などないよ、トム。そんな必要はない。やるべきことは、きみの無実を立証することだけだ」

「するだけ？」おれはちょっと声高に笑った。「するだけ？」

「そうだ、そして、わたしたちはそうする。優秀な弁護士の手にかかれば、この事件はまったくちがって見えてくるだろう。だから、きみには優秀な弁護士を見つけてあげる」

おれは立ちあがった。「感謝しますよ、レッドバード先生」おれは言った。「ほんとにあなたがたふたりには感謝するけど、もうどうにもならないでしょう。国でいちばん優秀な弁護士だって、事実は変えられない。おれには見込みがないんだ。せいぜいおれにできるのは……」

「そんなことはないよ、トム」校長はかぶりを振った。「そんな弱気になってはいかん。自分で首にロープを巻くようなものだ。わかるか？　いま、人びとは〝疑っている〟にすぎないが、もしきみが逃げれば、人びとは〝納得する〟ことになる。きみは正々堂々と裁判に臨まないつもりだとみんな結論づける」

「みんなが正しいですよ」おれは言った。「悔しいけど、レッドバード先生、おれには……」

「すわりなさい、トム」彼は静かに言った。

「すわらないほうがいいんです。急げば急ぐほど……」

「すわりなさい」彼はくり返した。

「こうなったら」と、おれは言って、すわった。「こうなったら、おれをとめようとなんかしないでほしいですね、レッドバード先生。おれはあなたを信頼してきた。あなたとミス・トランブルは友人、世界でたったふたりの友人です。でも、あなたはおれじゃない、レッドバード先生。電気椅子にすわるかもしれないのはあなたじゃないんです。あなたは……」

「きみもすわらないよ、トム。きみは無実で、わたしたちがそれを証明する。でも、もしきみが逃げるのを放っておいたら――そうなれば、きみは終わりだ。きみはたちまちつかまり、裁判を受けるまえから有罪宣告を受けることになる。あるいは、きみは追われ、逃げようとして撃たれることになる。わたしは……」

「一か八かだ。少なくとも、チャンスはある」

「ないよ、トム」

「レッドバード先生」おれは言った。「お願いだから、おれのまえに立ちふさがるようなことはしないでください」

「だめだ」

おれたちはいまふたりとも立っていて、おれは彼をよけていこうとした。彼は片手をおれの胸におき、押した。彼は言いつづけていた。「だめだ、トム、だめだ」おれは、彼を乱暴に突き飛ばしたくなどなかった。それで、彼の手を肘で押しさげ、両肩をつかんだ。彼の体を揺らしはじめると――

玄関のステップを、だれかがあがってきて、ドアをたたいた。音からすると、三、四人いるようだった。おれはレッドバード校長をつかんで彼の目に見入りながら、耳をかたむけた。

自分の目がどんどん大きく見ひらかれていくのを感じた。

ドアがあき、ミス・トランブルが言っていた。「まあ――どうしましょう！　もうちょっとお待ちになって。いまちょっと……」

べつの声。「われわれはもう充分待ったと思いますがね、ミス・トランブル。申し訳ないが……」

おれはレッドバード校長の肩から手を放した。

その手をシャツにこすりつけて、拭いた。

「信頼してたのに」おれは言った。

「すまない、トム。きみのためにいちばんいいことをしようとしているんだ」

「信頼してたのに」おれは言った。「あなたがたは友人だった」

そのとき、彼らが部屋に入ってきた。おれは両手を、両手首をさし出した。彼らに手錠をかけられているとき、おれは目をどんどん大きく見ひらいて、依然として校長先生を見つめていた。

14

彼らは約束を守った。ミス・トランブルとレッドバード先生は。彼らはおれに弁護士を付けてくれたが、その弁護士は優秀だった。オクラホマで、あるいはほかのどこであろうと、優秀な刑事専門弁護士のひとりだった。

そんなことはしてほしくなかった。先生たちが面会にきたとき、おれは彼らと話そうとしなかった。そして判事は、弁護士を自分で選ぶ権利があると、教えてくれた。それで、法廷が任命した弁護士に弁護をたのむ決心をした。この弁護士はオクラホマ・シティからきて、名前をコスメイヤーといった——新聞は彼をいろいろに形容していたが、おもに〝皮肉屋〟コスメイヤーと彼を呼んでいた——会いにきたこの弁護士を見たおれの最初の反応は……

おれの監房に看守が彼を連れてきたとき、おれは口もきかなかったし、視線もあげなかった。おれは寝台にただすわり、ずっとそうしていたかのように床を見つめていた。看守は彼を監房に入れて扉を閉じると、去っていった。しかし、おれは永遠にただすわっているわけにいかなかった——彼はいくらでも付き合う覚悟ができているように見えた――それで、おれはついに視線をあげた。

おかれた立場を思えば狂っているように思われるかもしれないが、おれは声をあげて笑いだした。どうにも抑えられなかった。

彼は小男で、身長がかろうじて五フィートくらいしかなく、かりに濡れた服を着ていても体重は百ポンド以上なかった。じつのところ、彼はおれとまったく似ていなかったが、いまは自分を見ているように思えた。漫画の滑稽な登場人物に自分を投影させてしまうみたいに。唇を突き出していたが、口の両端は顎の下までとどいてしまうほど〝へ〟の字にまがっていた。両目ははなれていて、髪はその目にかかるほどひたいにたらしていた。

笑いたくはなかった。おれは完全な地獄にいて、彼はおれをこばかにしていた。おれが顔をしかめようとすると、彼の顔がちょっと動き、彼がしかめ面をした。それまでの表情より二倍も愉快に見えた。

もう抑えが効かなかった。コスメイヤーがだれかを笑わせたがったら、相手はきまって笑うのだ。そして、彼はおれを笑わせたがった。だから、おれは笑った。

彼は寝台の隅にブリーフケースをぽんとおき、おれのわきに腰をおろした。

「わたしはコスメイヤーだ」言う必要のないことを言うみたいに、彼は言った。たとえば、

〃わたしはアメリカ合衆国の大統領だ〃と言うように。「わたしはきみの弁護人だ。きみはわたしの依頼人だ。ところで、長さが千フィートある投げ縄はどこで買える?」

「投げ縄――?」――おれは笑うのをやめた。おれは言った。「あなたがおれの弁護人、ミスター・コス……」

「千フィートあるやつだ」彼は言った。「それだけの長さがいる。なぜなら、ここの囚人ども全員を縛りあげるからだよ、坊や。わたしはロープに塗るワセリンの五ポンド瓶をもってきた。連中はここからレッド川まで聞こえるような叫び声をあげるだろう」彼は、わたしのシャツの前身ごろをたたいた。「そうだ、彼らは許しを乞い願う。この場所は〃ソドムの都〃だからな」

おれはたぶんちょっと赤面して、笑った。彼はにやりと笑い、うなずいた。

「さっきよりずっといい」彼は言った。「きみはあの男を殺したのか、トム?」殺したとおれが平気で打ち明けるのを待っているような訊き方だった。

「いや」おれは言った。「どう見えようと、おれは……」

「最初にちゃんと受け答えしないとあとで後悔するぞ」彼は言った。「どう見えるかどうかはだいじだ。いまのところ、オンタイムを殺したのはきみのように見える。正直言って、その点はあまり変えられない。だが、それを引っかきまわすことはできる。いろんな疑いを差しはさみ、バプティストだからという理由できみを有罪にしたがる検察官を非難することはできる。彼は……きみはどこかの教会へかよっているのか？　いや、それはどうでもいい。どの角度から攻めるかはわたしが考えよう。だが、どう見えるかを変えることはできない。できるのは、それを見えにくくして、変えられる見えようを変えることだ。わたしの言っている意味がわかるか？」

「よくわからない」おれは言った。

「この辺では狩りがよくおこなわれると聞いている。オポッサムを狩る猟犬を撃つとどんな罪になる？」

「はあ？」おれは眉をひそめた。「だれもそんなことしないよ。そんなことをするやつは刑務所送りで、出てこられないだろう」

「ガラガラヘビならどうだ？　ガラガラヘビを撃ったら罪になる？」

「いや、もちろん罪になんかならないよ。そばにガラガラヘビがいるなんてだれでもいやがる」

彼はうなずいた。おれは彼が先をつづけるのを待った。だが、彼の話はそこでいったん終わりだった。彼はあきらかにおれがなにか言うのを待っていた。

「あなたがなにを考えているにせよ」おれはようやく言った。そして、かぶりを振った。「うまくいきませんよ、ミスター・コスメイヤー。ミスター・オンタイムほど好かれる人を見つけるのはむずかしいし、おれも率先してそう言います」

「そうらしいな」彼は言った。

「とにかく、おれは彼を殺していない。だから……」

「きみが殺したように見えるんだ。だが、わたしたちは当然それを否定する。わたしたちは疑いをいっぱい投げ込む。しかし、そんなやり方だけでは勝てないだろう。現実的にはともかく」――彼はまたおれの胸をたたいた――「裁判所にはきみを裁かせない。わたしたちが彼と彼女を裁くんだ」

「ドナを？　だめだ」おれは言った。「おれが思っていることをするつもりなら、だめだ」

「よく聞くんだ、坊や。人がけっして克服できないことがひとつある。死ぬことだ。ほかのことはどんなことでもあとから修復できる。経験からそう言ってるんだ。あるとき、ある婦人を弁護したことがある。容疑は傷害と殺人未遂だった。彼女は友人の男性の頭に弾を一発ぶち込み、カミソリで彼のいちもつを切り落とそうとした。じつのところ、彼はとてもナイスガイだった。正直で、気がおけなくて、ひたむきな男だった。トラブルがおこったのは、もしいかがわしい商売から足を洗わなかったらひどい目に遭わせる、と彼女を脅したことからだった。だが、実際になにがあったかなんてどうでもいい、とわたしは言ったよ。状況がどう見えるかなんて関係ない、とね。さっきも言ったように、彼はナイスガイで、彼女の美しいケツを二十年も燻製場にぶらさげておくのを望んでいなかった。彼は悩んでいたし、彼女を許す権利もあった。それでわたしは、彼が気持ちの整理をつけられるよう彼女を刑務所の外へ出してやろうと思った。それで、わたしは彼を裁判に引き出した。そして、徹底的に攻撃したよ。犬の糞をダンスフロアになすりつけるみたいに。あんまり攻撃したんで、彼のシャツの背中が窓のブラインドみたいにあがったりさがったりしていた。やっつけてしまうまえに、彼は自分から逃げ帰ってしまうほどだった。えらい速さでね。結局、陪審員はわたしの依頼人に勲章をあたえたがった。そして約三カ月後に、彼女とこの男は結婚した……ほんとうの話だ、トム。いつかオクラホマ・シティにくることがあったら、彼らを紹介するよ。彼らはわたしの佳き友人だし、わたしが知っているなかでもっとも幸せなカップルのひとつだ」

「なるほど」おれは笑いがおさまったあとで、言った。「あなたが言おうとしていることはわかった。でも、ちょっとちがうんだ――同じじゃない」

「そうだ。こっちは生死がかかった案件だ」

「おれは――おれには殺すことなんかできなかった」おれは言った。

「わたしはクレージーか？　きみが一歩でも証人席に近づこうものなら、わたしがきみを殺すよ。きみはいっさいなにも言わない。きみにしてほしいのは、傷ついているような表情を浮かべて、おとなしくしていることだ。言いたいことが口にいっぱい詰まっていても、くだらんことは言わない」

「でも、あなたは彼女を娼婦のように見せるつもりだ……それはちがうよ、ミスター・コスメイヤー。なにか言うことがあれば、それだけだ」

彼は肩をすくめた。「わかったよ、トム」

「ミス・トラン――いや、先生たちはどう考えているんだろう？」

「彼らにはっきりした考えがあるとは思わないね。わたしはここへきて事件について調べるため千ドルの手付け金をもらっている。よろしい、調べはもうついた。千ドル分の調査はしたよ。今度は策を一から練るんだ」

「彼らが」と、おれは言った。「金を出してくれている……」

「そして、きみは命を賭けている。わたしが言ったことをよく頭に入れておくんだ、トム。彼らにははっきりした考えはない。だいじなのは、きみの命だ。なんの落ち度もなく、なにも同意していないのに、きみは自分の命を司法というものにあずけるよう強いられてしまった。そして、トム、あの女の子は盲人ではない。あの女の子は幻覚や幻聴を患う頭のいかれたアルコール中毒で、きみがその事実を突きつけないかぎり目がさめないんだ。電気椅子で処刑された男を見たことがあるか？」

「ない」おれは言った。

「わたしはある。死刑は何度も見てきた。死刑に立ち会うたびに、神聖な気分になって、法律ってものについていろいろ考える。ガス室での死刑も見たことがある——小さな椅子に腰かけて、唇をぎゅっと結び、鼻はしっかりつまれているが、いよいよ我慢できなくなるまで、けんめいに息をとめている。わたしは……」

「やめてくれ」おれは言った。

「それに絞首刑。首がちょん切れる。あるいは、首がのびきって、三から四フィートの長さになる。ここの鉄格子みたいに細長くなるまでな。だがな、トム、電気椅子はまったくべつものなんだ。電気椅子の処刑にはわたしなりの持論がある。学識のある人たちにも話してみたが、なかにはわたしの言うことが正しいかもしれないと思う人たちもいた。わたしの考えでは、人は電流で死なない。おそろしいほどの過負荷は体をとおり抜けてしまって、脳まで達しない。脳全体にな。電気椅子にかけられた者は、地下室へ運ばれて内臓を切り取られたあとも、なにがおこっているのかわかっていて……」

「いいかげんにしてくれ！」おれは飛びあがりかけたが、彼に引き戻された。「そんな話聞きたくない……！」

「……そして彼らは塩水タンクに放り込まれる。松材の棺桶に入れられてふたを釘止めされ、穴から地中に落とされたときも、まだ意識がある。ずっと意識があって、何日も考えている。緑の草や日差しや冷たい空気、それに女のやわらかな肌や小さな子供たちの笑い声のことを考えている。彼らがどうやって耐えているのかは知らないが――しかし棺はふたをあけられるときがあって、そんなとき彼らは箱から外へ出ようとする。もちろん、できっこない。だが、内臓を抜かれたまま、眼球が溶けたまま、彼らは這い出ようとする……」

おれは両手で頭をかかえてすわっていた。体が震えていた。胃はむかむかした。

彼はおれの肩をつかみ、揺すって自分と面とむかわせた。

「もういいだろう」彼はぴしゃりと言った。「そういうことだ。そんな目に遭うこととくらべたら、少しくらい相手をいたぶったってどうだというんだ？　彼女が自分の肉体を利用したのと変らないじゃないか」

「考えなきゃ」おれは言った。「たぶんあなたは正しい。でも、おれは考えなきゃならないよ、ミスター・コスメイヤー」

「弁護費用のことは忘れろ。わたしが慈善事業をやるなんてことも思うな。支払いは一年待ってもいいが、その後はあの大きな農園の家へ請求書を送りつけるから、きみが責任をもって支払ってくれ」

おれはなにも言わなかった。決心がつかなかった。彼の言うとおりだと思ったし、おれの思いは――少なくとも、おれはそれを言葉にできなかった――しかし、彼の望むとおりにイエスという答えをまだ伝えられなかった。

「おれは彼を殺してない」おれは言った。「どうしてその線で押せないんです？　どうして真犯人を見つけようとしないんだ？」

「どうやればいい？」

「さあ、わからない。でも……」

「わたしにもわからない。それにそうしようとも思わないよ、トム。なにかほかのことを掘りおこしたくもない。わかっていることはすでにいっぱいある」

「でも……」おれは言った。

彼はゆっくりうなずいた。「自分は無実だときみは言う。そうだろう。でも、そんなことは忘れちまおう。きみやわたしがいくらそう主張しようと、つむじ風に吹かれた屁みたいなもので、だれにとってもどうでもいいことだからだよ。だいじなのは、陪審員がなんと言うかだ――きみが彼らになんと言わせるかだ――そして、わたしは彼らに正しいことを言わせる唯一の方法を教えたんだ。きみは有罪だと彼らが言えばきみは有罪だ。きみは無罪だと彼らが言えばきみは無罪だ」

「でも、おれは最初から無罪なんだ」おれは言った。「あなたは……」

「看守にそう言えよ。もしかしたら、きみを出してくれるかもしれないぞ」

「考えてみないと」おれは言った。

「もしかしたら、もうひとつ方法がある」彼は言った。「きみは心神耗弱だったと訴える。そのほうが証明しやすい」

「いまはなんとも言えない」おれは言った。「言えないし、そうとしか言えない」

彼はブリーフケースを取りあげ、立ちあがって、ちょっとのあいだおれを見つめた。それから、自問自答したかのように突如うなずいた。

「オーケー」彼は言った。「たぶんそうすべきだろう。町で訴訟を一件かかえることになっていたが、決定は数時間のばせると思う。もちろんもっといいのは……だが、とにかくやってみる」

彼は、看守を呼んだ。待っているあいだ、彼は考え込むように眉をひそめ、ときどきかぶりを振っていた。そのしぐさに、おれは思わず笑いを浮かべた。彼はそれをやりつづけた。彼のことがわかりはじめた、と思った。彼の正体がわかった。

すでにおれは忘れていた。コスメイヤーがそう望んだからだが、彼が見せたいと思う以上のことは見えないのだということを忘れていた。

看守がやってきた。コスメイヤーはため息をつき、扉のほうへむかった。

「心配するな、トム。きっとうまくいくとわたしは確信している」

「わかりました」おれは言った。

「なあ、きっとうまくいくぞ。わたしにはできる。朝また会おう、いいな？　朝はやく」

「朝はやくに」おれは言った。

15

夜明けに目がさめた。たとえ彼が朝はやくくると言っても、待つ時間はもちろんたっぷりあった。だが、それでもかまわなかった。いろいろ考えて、彼がくるまえに整理をしておきたかった。

前日、彼はおれを混乱させ、あるときはこわがらせて、あるときは笑わせた。話の核心をなかなか伝えられなかった。彼にしてみれば、おれを無罪にするだけでは充分でないだろう。犯人はおれだとみんなが依然として思っているなら——そうであったら、おれの居場所はどこにある？　おれに父親を殺されたのだと思いつづけるなら、ドナはどんな気持ちでいる？

もちろん、死にたくはない——なんにしたって、電気椅子に送られるのはいやだ。だが、おれは有罪でないとコスメイヤーに理解させることができれば——おれが有罪でないかどうか彼に気にさせることができれば——そうすれば、ほんとうの殺人犯をさがし当てることができるかもしれない。真犯人はきっと地元の男だ。彼はきっとなにか手がかりをのこしている。もし偏見を捨てて犯人を本気でさがしてくれたら、手がかりにほとんどたどりついたも同然だ。おれはなにもできないが、コスメイヤーにはできる。もし彼に理解させることができたら、彼はそうしなければならない。でなければなんの意味もない。みんながまだおれのことを――

おれは生きのびる。しかし――

おれは生きのびる。

おれは朝食をかなりたっぷり取った。あらゆることに考えをめぐらせながら。寝台の上に立ちあがり、窓から外を見て、時間は九時ごろだろうと判断した。朝はやくくる、と彼は言っていた。おれは歩きはじめた。壁から扉までいったりきたりした。三歩もかからずに。

看守がやってきた。

おれは彼を呼びとめ、時間を訊いた。すると、彼はおれに教える気がないかのように、数歩先まで歩いた。だが立ちどまり、懐中時計を取り出した。彼はまた時計をポケットに戻した。

「十時半」

「十時半!」おれは言った。「ほんとですか?」

彼はそれに答えずに、歩きつづけた。

おれはもう少し歩いた。

寝台の上に立ち、外をのぞいた。

寝台にすわった。横になった。五百まで十ずつ数えた。それから五ずつ、それからひとつずつ。だが、彼はまだこなかった。十一時をゆうにすぎていた。おれはまた歩きはじめた。

彼はくるだろう、もちろん。彼はおれをもてあそんでいるのだ、いま。おれが弱気になって、彼が望むことをなんでも言ったりしたりするようになったら、姿を現す気なのだ。

窓から外をのぞいた。もうきてもおかしくなかった。朝はやくくると言ったのだから

――

おれは立ちどまった。彼は、実際にはそう言わなかった。約束しなかった。やってみると言ったのだ。きっとうまくいくと確信している、と。彼は――しかし、それはごまかしみたいなものだ。おれがそれを思い出して思案しはじめるのを、彼は知っていて――

あるいは、彼は忙しい男なのだ。彼を雇おうとする人たちはおそらく大勢いるのだろう。死なないこと以外なにも求めない人たちが。金をもった人たち。おれからは金など

儲けられないことを彼は知っている。もちろん、世間の注目はいっぱい浴びることになるだろう。そんなに注目を集めた弁護士はいままでいないのではないか。しかし……しかし、彼はおれみたいな男と付き合う必要などない。よくよく考えてみれば、おれは彼にとってほんとうに価値のない存在なのだ。

拘置所ではランチは出なかった。パンと、砂糖もミルクも入れないコーヒーだけ。だが、その食事もあまり食べられなかった。おれにできることは、その食事を蹴飛ばしたり、壁に投げつけたりしたい衝動を抑えることだった。

彼はほかにも事件をかかえているのだ……

朝はやくにくると言った……

約束はしなかった……

顔を汗がしたたり落ち、おれはシャツの袖でそれをずっとぬぐっていた。しかし、監房自体が暑くもあった。おれは汗だらけになり、ぶつぶつ言う自分を抑えようとしなければならなかった――

そして、彼が望んでいるのはおれが自分を抑えることなのだ、とわかった。彼は計画的にやっているのだとわかった。しかし、確信はなかった。わからなかった。わからなかった。おれは……

そして、ようやくわかった。彼がからかっているのではないことがわかった。彼はやってこないとわかった。もうわかった。彼に対する怒りに屈しないためにはどれだけクレージーになればいいのだろうと思った。そしておれはなんでもするだろう、もし……

そして、顔をあげると、彼がいた。鉄格子のなかをのぞき込んで、立っていた。

「ちょっと待ってくれ!」彼は看守にむかって頭をぐいとかたむけた。「なかへ入るかどうかまだわからん……どうしたらいい、トム? 答えは?」

「そ、それは」おれは言った。「おれに訊かなきゃならないのか……?」

「そうだ」

「でも……」でも、おれは死にたくなかった。おれは死にたくなかった。「なかへ入ってくれ」おれは言った。「たのむから入ってくれ」

看守は彼をなかに入れて鍵をかけ、去っていった。彼はブリーフケースを寝台に放り投げ、おれを見おろした。

「なあ、トム」彼はうなずいた。「そこについているのは頭か?」——彼はおれのひたいにむかってパチンと指をはじいた――「それは中身が空っぽのカボチャみたいなものらしいな。ものを考えるのはわたしたちのうちどちらがいいと思う？」

「あなただ」おれは言った。

「わたしはきみを振りまわすためにじらしたんじゃない。きみがもし自分で考えようとなどしたらどうなるか、教えたかったんだ。自分のおしっこにまみれて凍えたらどんな感じか経験させたかったんだよ。火をおこすマッチもなくな」

「わかったよ」おれは言った。「やっとわかった」

「肝に銘じておくんだな。きみはたぶんマッチを一本も手にすることはないだろう」彼はにやっと笑って、おれの肩をつついた。「きみに必要なのは、そのマッチ一本だ。おしっこの川をわたるときは、いつもマッチのことを肝に銘じるんだ」

おれはうなずいた。彼が言うことならなんにでもうなずいて、イエスと言っていただろう。彼は前日のようにおれのわきに腰をおろし、おれの膝をたたいた。

「いい子だ。でははじめよう。はじめから検討するんだ。彼女とはいつから関係をもった？」

「そうだな」おれは言った。「彼女はあの農園で育って、おれたちは……」

「〝関係〟と、わたしは言ったんだ。法律的な意味での、だ。彼女のパンツにいつから手を入れはじめた？」

おれの顔はちょっとこわばった。笑いを浮かべようとしたが、できなかった。

「ようし」彼はうめくように言った。「いつから——いや、ちょっと露骨かもしれんな。望むなら、〝懇ろ〟とか〝性的関係〟とかいう言葉を思い浮かべてもいいが、わたしはセックスとかパンツと言わせてもらう。それで、いつからそこに手を入れはじめた？」

今度は、おれは笑い声をあげた。彼はすごい形相に見え、顔面が紅潮していた。彼は、おれを笑わせたかったのだ。ほかにどうしようもないときは、笑うしかない。

「一年以上まえのことだった」おれは言った。「彼女は車をパンクさせて道路端にとまっていた。おれは助けてやろうと思って……」

「当然だ、当然だ。哀れな坊や。大きな車。美しい少女。放っておくことなんかできない。邪心なんかなくて礼儀正しいきみとしては」

「いや——じつを言うと、おれはあんまり礼儀正しくなかった。むしろぶっきらぼうで……」

「内気なんだ」彼はうなずいた。「世間知らず。そして、感覚的に行動してしまう」

「いや、じつは」と、おれは言った。「そんなんじゃなかったんだ、ミスター・コスメイヤー。おかしいと思われることはわかってるよ。最初に会ったとき愛が芽生えたなんてね。だけど、そんなことはなかった。彼女は一度も——彼女は処女だったし……」

「わたしがちがうと言ったか?」彼は両手を広げた。「たしかに彼女は処女だった。そして、ほしいものはなんでも手に入れられた。しようと思えば結婚もできたかもしれないが、結婚は面倒が多すぎる。好きかってをして自分の社会的立場を危険にさらそうとしなかった。だからきみを選んだんだ。なんでもぺらぺらしゃべる者でなく、しかもなにか言っても信じてもらえない者を」

「でも……」

「重要なことだが、そのあときみはどれくらいひんぱんに彼女と会っていたんだ?」

「かなりひんぱんに会ってた。週に二、三度かな。でも、もっとつづきがあるんだ、ミスター・コスメイヤー! おれたちはいっしょにいることを楽しんでた。おれたちは愛し合ってたが……」

「愛し合っていればいつだって状況はよくなる」彼は言った。「どこで彼女と会っていたんだ?」

「学校の近くで。彼女が柳の木の下に車をとめていた。道路からちょっとはなれたところだ」

「先をつづけろ。話しつづけろ、トム……」

だから、おれは話しつづけた。しゃべりつづけた。その日。つぎの日も。一週間以上も。彼は、うなずいて、聞いていた。聞いて、話をゆがめつづけた。

「放課後だな」彼は言った。「お昼。午前中のこともあった。ようするに、彼女はきみをひとりにしなかった」

そして――

「それで、彼女はどこが自分の部屋かきみに教えたんだな？　そうなんだろう？　そしてきみは、彼女の家でそこへいったんだろう？　そうなんだろう？」

そして――

「だから中身が空っぽのカボチャだというんだよ、坊や。なかにはセンチメンタルな思い入れしかなく、それがきみの口からこぼれ落ちている……ああ、きみはロマンチックな関係を求めたが、それはかなわなかった。この美しく金持ちの彼女は、自分の利己的な快楽のことしか考えていなかった。きみはそのこととまともに向き合わなかった。

彼女はそれをきみに対する餌としてぶらさげていたんだよ、坊や。それが実態だ。彼女は、きみがとんでもない恐怖に陥るまでその餌を振りまわしていた。そして、きみは自己防衛のため彼女と寝た」

そして、最終的には——

「もちろんだよ、トム。わたしが知らないとでも？　彼女はきれいですてきな女性だ。だからこそ、彼女が重大な過ちを犯すのを放っておけないんだ。だがもしこのゲームに勝算が少なくなってきたら、そのときはルールなんかにかまってはいられない」

陪審員の選定がはじまってから、おれは毎日法廷にいた。裁判のすべてをひどくおそれていたが、逆に裁判をちょっと楽しみにして待つようにもなった。正確に言えば、裁判が好きになったのではない。それどころか、これが司法なのだと思うとときどきちょっとひるんだ——裁判はコスメイヤーの戦略に踊らされて進行していくのかもしれない。どんなことになるかと思うと、体が震えた——だが、こんなことはたぶん毎日どこかでおこっているのだ——コスメイヤーみたいな男が相手だったら。

彼は、陪審員候補の男が席からおりるのを手伝い、おじぎをして彼に微笑みかけ、彼の靴だって磨きかねない。それからおれといっしょに被告席のテーブルにむかってすわり、書類をぱらぱらめくる振りをし、自分の慇懃無礼な行動を振り返る。

「くそったれの執事——バプティストの執事め！　この町にはユニテリアン派の信徒はいないのか？　あいつは〝目には目を〟を信奉する男たちのひとりだ。チャンスがあれば、きみの電気椅子のスウィッチを自分で入れるだろう」

そして、おれの味方になってくれそうなふたりを陪審員として受け入れたあとには——

「ふたりは床屋だ。床屋、ペンキ屋、壁紙張り職人。もしそういう連中を陪審員に採用できたら、弁護士なんか必要ない。大工——彼らはどうかな。彼らは単純で、妙に正義感が強い。それにくらべて、床屋やペンキ屋や壁紙張り職人！　バーテンダーがいたら、彼らも陪審員として受け入れる」

郡の検察官はつねにおれを見つめていた。彼はひとつのことしか考えていないように見えた。おれは不安になって、そのことをコスメイヤーに話した。彼は笑いを浮かべてから、思案げな表情になった。

「検察官はそう考えているかもしれんな。彼は、きみが証人台に立たない理由を質問するほど愚かかもしれない。そうしたら、彼をやり込めてやろう。とにかく、そういうばかな連中を追いつめてやるつもりだが、いつだって審理無効は役に立つ」

裁判の初日、第一日目の朝、コスメイヤーは証拠不充分で公訴棄却を申し出た。それから、チェロキーの血が十六分の一混じっていることを理由に、判事は裁判長として不的確だと訴えた。さらには、報酬がオンタイムの資産から出ている郡検察官を、個人的な偏見をもって裁判を進行しかねないととがめた。

たしかに、判事には少しインディアンの血が流れていた。もしかしたらほかの百万人のオクラホマ人と同じように。それに郡検察官もほかのほとんどの郡の役人も、オンタイムから多少手数料を受け取っていた。どの地主からももらっているように。しかし、そんなことをいちいち陪審員に説明していたら、かえって印象が悪くなった。

コスメイヤーは判事から大声で叱責を受け、彼にも郡検察官にも謝罪しなければならなかった。だが、彼は向きを変えると、陪審員たちにむかって肩をすくめ、両方の眉毛を大きく吊りあげた。判事はそれを見逃さず、もう一度大声で彼を叱責した。コスメイヤーはもう一度謝罪した。

自分が滑稽に見え、哀れにさえ見えることはわかっているが、神が自分がこのようにすることをお選びになったのだから、法廷もあきらめて、自分自身さえ耐えることを強いられているこの自分を許してほしい、と彼は言った。彼はさらに言った。体がしっかり形成されるまで慎重に養育されて世話をされてきた人たちに、こんな自分を許してほしいなどとたのむのはむずかしいとわかっているが、しかし――

判事は彼に着席するよう命じたが、かなり不愉快そうだった。判事は身長六フィート、体重二百ポンドの巨漢だった。

「なあ、坊や」コスメイヤーはその夜おれに言った。「わたしたちはもう彼らを煙に巻いてやったよ。判事と郡検察官をな。今後裁判をどういう方向へもっていこうとしても、彼らはいつもちょっとまちがうことになる。わたしにきびしくすれば、彼らは苛立っている証拠だ。きびしくしなければ、良心のとがめを感じることになる」

「なるほど」おれは言った。「おれはいつ自由の身になるんです、ミスター・コスメイヤー?」

「自由の身!」彼は驚いて、言った。

自由の身になったらすることを、おれは考えていた――手に斧をもち、どうやって親父と面とむかえばいいのか。

「ええ」おれはうなずいた。「裁判はいつまでかかるんです?」

「三週間だな、たぶん」彼は言った。そのあとすぐ、彼は帰っていった。

あとでわかったことだが、裁判が陪審員の評決を仰ぐまで三週間かかった。しかし事実上、裁判は二週目の金曜日に終わった。

ドナは証人台に立った。くる日もくる日も立った。そしてコスメイヤーは同じことを根掘り葉掘り彼女に問いただした。同じ質問を何百とおりの言い方でくり返し、彼女に答えさせた。彼女があのこと以外なにもしなかったかのように見えるまで……

「異議あり！　この一連の尋問にもう一度異議を唱えます。それに、驚きを禁じえません、裁判長が……」

判事の小槌が振りおろされた。「検察は感情的に、また直観的に発言することを控えるように。しかし、ミスター・コスメイヤー、この起訴の重大さにかんがみて、わたしは被告側に対して最大限の寛容さを発揮していますが、それでも……」

「これからすべてを関連づけます、裁判長」

「もう一度あなたに警告することを余儀なくされる気が……」

「当法廷の警告にはとても敏感になっております。おじけづいていると言っても過言ではありません。わたしの態度、わたしの声の調子、子供のころ身についた神経性チックに対して、わたしはいままでにもいろいろ言われてきて……」

「ミスター・コスメイヤー、あなたを法廷侮辱罪に問います。きょうの裁判が終わったら百ドルの罰金を払いなさい」

「あと数日、法廷が寛容でいてくれることを望みます。ご承知のように、わたしの依頼人には財産がなく、わたしの資金もゆゆしくかぎられていて……」

「あなたのやり方にわたしは心を痛めている」

「法廷にご理解いただければ当方は……」

「なんですって?」

「先をつづけてもよろしいでしょうか?」

「いいでしょう」

「ありがとうございます、裁判長」コスメイヤーは言い、ドナのほうを向いた。

「さて、ええと。速記係にお願いしたいんですが——ああ、いや、気にしないでください。ちょっと思い出したことがあったんです。(笑い)ところで、お嬢さん、ずいぶんすてきなお洋服をお召しですね」

「どうも」

「おや、そのスカートにはファスナーが付いて……」

笑い。

「異議あり!」

「ミスター・コスメイヤー!」

「わかりました」コスメイヤーは言った。「あなたは被告と、その、積極的な関係をもっているあいだ、おそらく彼と百回以上肉体関係をもったと理解していますが……」

「はい」

「あなたは男性と寝るのが好きで……」

「裁判長！　弁護人の発言は不適切で……」

「認めます。発言は削除」

「回数は百二十五回くらいですか、ミス・オンタイム？」

「そうかもしれません」

「しかし、一度も子供はできなかった？」

「はい」

「裁判長、そのことはもう記録に記されています。弁護人はいったいどんな正当な目的があって……」

「わかりました」コスメイヤーは言った。「では、あなたがたは避妊具を使ったんですね、ミス・オンタイム？　それは正しいですか？」

「はい」

「あ、あ、あなたがたは避妊具を使った。そのお金はあなたが出した。あなたはべつの町でそれを買った。あなたが買った、彼ではなく。そのとおりですか？」

「だって、彼は……」

「わたしの質問に答えてください」

「そうです」

「新たな命が生まれることを阻止する意図と目的で？」

「わたしは——そうです！」

「あなたは人間の命を尊重する気持ちがあまりないようですね、ちがいますか、ミス・オンタイム？」

「異議あり！　裁判長……」

「そんなこと、ぜったいにありません」ドナは言った。

「認めます。削除してください。証人は今後質問に答えるまえに、法廷の裁定を待ってください」

「あなたは自分の寝室に何度被告を受け入れましたか、ミス・オンタイム？」

「一度も！」

「たしかですか？　結局のところ、あなたはほかのあらゆる場所で自分の欲望を満足させてきたようだ。そういう行動を取るのに自然な環境ではなぜそうしなかったんです？」

「異議あり！」

「ミスター・コスメイヤー。いったいいつになったらその一連のあきらかに妙な尋問を今回の訴訟に結びつけるんだね？」

「もうすぐです、裁判長」

「そう願うよ。証人は質問に答えて」

「彼がわたしの寝室に入ったことは一度もありません！」

「なぜです？　だって……」

「なぜもなにもありません。彼は一度も入ったことありません！」

「そうですか」コスメイヤーはゆっくりと言った。「あなたはお父さんに反対されるのをこわがっていた？」

「もちろん父は反対したでしょうよ！」

「なるほど。そうすると、あなたは被告との間柄をお父さんに話していなかった？」

「当然話してません！」

「彼に話すのがこわかった?」

「わたしは——そうです。ちがいます! 話したくなかっただけです!」

「秘密にしておきたかったんですね? お父さんにだけでなく、ほかのだれにも?」

「たぶん……たぶん、そうです」

「無実の男——状況の犠牲者になった無実の男との情事を隠してなにが悪い、と……」

「異議あり!」

「撤回します。それじゃ、お訊きします、ミス・オンタイム。あなたは自分の寝室に被告を招いたことがありますか?」

「ありません!」

「たしかですか?」

「それは——彼を誘ったことはあるかもしれません。でも、わたしはただ……」

「農園を訪ねてくるよう彼を誘ったことはありますか? 低木の茂みに誘うとか」

「ありません!」

「たしかですか?」

「たしかです!」

「ありがとう」コスメイヤーは言った。「それでは、わたしが状況を正確に把握しているかどうか確認してみます。あなたは彼を寝室に誘ったが、彼はこなかった。でも、あなたは農園に彼を招かなかった。なのに、彼はやってきた？　あなたはわたしたちにそう信じてほしいのですね、ミス・オンタイム？」

「あなたがたがどう信じようとかまいません！」

「わたしたちがどう信じるかを気にしないというのは残念ですよ、ミス・オンタイム。ひとりの男の命がかかっているのに。ここにいるわたしたちの多く――良心的な陪審員たちも含めて――はかなりの犠牲を払ってここにきている。だが……」

「弁護人は新聞向けの発言を控えるように」

「不服はありません、裁判長。わがアメリカのマスコミは、ほかのいくつかの機関よりも公平だと思います。依頼人の弁護をつづけてもよろしいでしょうか？」

「いいでしょう。ですが、休廷後にわたしの判事室まできてください」

「さて、ミス・オンタイム、あなたはわたしたちがどう考えようと気にしないと言った。だが、文明の恩恵にあずかっているくせになんの責任感もない女性が――」

「ミスター・コスメイヤー！」

「――判事室でもどこでもいきますよ。ところで、被告に対してあなたはいまどんな感情をもっているんです？」

「彼なんか大きらい！」

「ほんとですか？　この裁判の最初のころを思い出すと、あなたの態度は悲しみに包まれていた。あなたは、正義が果たされることだけに関心があって……」

「彼なんか大きらい！　死んでしまえばいいのよ。大きらい、大きらい……！」彼女は椅子の上で体を揺らし、目は据わっていて、金切り声をあげ、大笑いしていた。「か、彼なんか、だ、大きらい！　彼なん……」

コスメイヤーも叫んでいた。「そうでしょうとも！　だって、あなたは恥知らずの、品のない女の姿をさらけ出したんですから！　そういう女だから、あなたは嘘をついた――彼など死んでしまえばいいと思っているからです！　どうしてほんとうのことを言わないんです？　どうして……」

郡の検察官は大声で何回も異議を唱えた。判事は小槌を三度振りまわし、バン、バン、バン、身振りを交えて廷吏を呼んだ。だが、コスメイヤーは彼女をなじりつづけた。廷吏に引っぱられて、法廷から引きずり出されるときも、彼は叫んでいた。

「みんなをばかにしちゃいけませんよ！　陪審員はあなたの正体を知っているんです！　誤った方向へ引きずられたこの若者は、じつは正義感に富んだフェミニストなのだという真実をどうしてあなたは語らないんです？　この若者は、あなたのせいで死の淵に立っているんですよ！　彼があなたのお父さんにどんなふうに攻撃されたのか陪審員にちゃんと話し……」

法廷から引きずり出されるまで、彼はしゃべりつづけた。

ドナも法廷から連れ出された。

法廷はその日休廷になった。

コスメイヤーは五百ドルの罰金と、三十日の拘留を課せられた。職務を終えたらすぐ、彼は拘留されることになった。しかし、その晩おれに会いにきたとき、法廷侮辱罪に問われてもその価値はある、と彼は言った。

「うまくいったよ、坊や」彼は言った。「陪審員の評決が出るまで一週間かかるかもしれないが、もうこっちのものだ」

「そうか」――おれは大きく息を呑み込んだ――「そりゃよかった」

「彼女はへこたれないよ、トム。わたしは人間というものを知っている――人間以外はものを知らない男だがな――彼女はきっと乗りきる」

おれには彼女が乗りきれないことがわかっていたが、なにも言わなかった。結局、彼はおれのためにあんなことをしたのだし、おれはその手伝いをしたのだ。

「これから必要なのは時間だ」彼はつづけた。「それに、トム」――彼はためらいを見せた――「時間はきみに味方する」

「どういうことです?」おれは言った。

「わからないか、坊や? これは殺人事件だ。重大犯罪だよ。そして、きみはひどい扱いを受けた。わたしたちの手には一枚のカードもなかった。だが、わたしたちは勝った――しかし、戦いに勝ったわけじゃない。一ラウンドでポイントを取っただけだ。戦いはもう少しつづく。そして、わたしたちはそれでも勝つだろう。のこりのラウンドもポイントを取って、判定勝ちする。だが、さしあたり……とにかく、時間がきみに味方する」

「でも、あなたは言った……」

「電気椅子は回避する、と言ったんだ。そして、そうした。わたしたちはひじょうにラッキーだ」

「どうかな」おれは言った。

17

陪審員は三日後に戻った。

彼らの評決は、寛大な刑罰を求めるという条件付きではあるものの、第二級殺人で有罪、というものだった。

判決を言い渡すまえになにか言うことはあるかと、判事はおれに訊いた。

おれは、かぶりを振りはじめた。それから、おれは言った。「わたしは第二級殺人でもほかのどんな罪でも無実です」

判事は、オクラホマ州サンドストーン州立刑務所での二十年間の強制労働、という判決をおれに言い渡した。

おれは体をまわし、法廷内を見まわした。

少し重なる部分はあったが、傍聴人はだいたい三つのグループに分かれていた——インディアン、白人、そして黒人だ。白人と黒人がすわっている席は満杯で、通路にはみ出している人もいるくらいだった。インディアンの席は——エイブ・トゥーレイトをのぞいていっぱいであってもおかしくなかった。だが、ベンチはエイブがひとりじめしていた。

おれの目は、彼に注がれた。そしておれは、彼がみじめに見えると思ったことをおぼえている——満足感はなかったが。それからおれは、ミス・トランブルとレッドバード校長がすわっている前方のベンチを見た。

裁判がおこなわれているとき、おれは一度も彼らを見なかった。彼らを見ないようにし、彼らとは一度も口をきかなかった。

いま、おれは彼らを見て、話しかけた。レッドバード校長に言われたように、感謝の言葉を口にした。

「ありがとう」おれは言った。

親父がどこにいるか見つけようとした。彼にも言うことがあったからだ。しかし、彼はどこかうしろのほうに立っていたにちがいなく……

すると、ふたりの保安官助手がおれを連れていった。

一巻の終わり。

「この野郎！」バシッ、バシッ！　看守はもう一度ムチを振りまわした。おれの全身は鉄格子に押しつけられて、こわばった。「これからは素直になるか？　まともになるか？」

「くそ食らえ」おれは言った。

「しぶといやつめ」――バシッ、バシッ！――「この野郎！」――バシッ、バシッ――「ちゃんと言え！　これからは……」

「くたばれ」おれは言った。「いくらやられたって……」

バシッ、バシッ、バシッ、バシッ、バ……

「もう充分だ！」医者が看守の両腕をつかんで、彼を振りむかせた。「もう充分だと言ったんだ！　彼を殺す気か？」

「そのとおりですよ！」――看守は喘いで、顔から汗をぬぐった。「こいつがどんなやつか知ってるでしょう、ドク！　こいつは……」

「もうよせ！　手首のひもをほどけ！」

「でも、ドク、こいつときたら……」

「わかってる。しかし、とにかくもうよせ。これ以上彼はもたない」

看守は手首を縛っていたひもをほどいた。おれは鉄格子をつかんで体を支えようとしたが、両手は麻痺していて、膝から床に崩れ落ちた。

「ようし、だれか連れてこい。彼を病院へ連れていかないと」

「冗談じゃないですよ、ドク。いえ、だめです。こいつは穴蔵へいくんです。それが命令ですから」

「いまはちがう！　彼は病院へいくんだ！」

……おれは病院へいった。ふたたび。サンドストーンに入って四カ月と少しだったが、病院へいくのはこれで四回目だった。

模範囚のひとりが背中を洗ってくれ、傷口を消毒して、その上にガーゼを当ててくれた。やがて彼が去ると、医者はおれを見おろしながら立ち、ついにはストゥールを蹴っておれの寝台に近づけ、腰をおろした。

おれは彼が好きだった。というより、自分がみんなと同じようになろうと心がけたら、好きになっていた。おそらくおれより十歳も年上ではないだろう。彼にはまだ学ぶことがたくさんあるようだった。さもなければこの種の仕事にはついていなかったろう。

「なあ」彼は厳めしく言った。「こんなことをいったいいつまでつづける気だ?」

おれは肩をすくめたが、そうすると絆創膏が引っぱられた。思わず息を呑むと、彼は目を細めてうなずいた。

「気分はよくないだろう? いつまでも虚勢を張っていると、いまにばらばら死体になって運び出されるぞ」

「気分は悪くないよ」おれは言った。

「連中は本気でやるよ、カーヴァー。彼らはきみを痛めつけたくてうずうずしているんだ。そして、彼らはなんの犠牲も払わない」

「知るもんか」おれは言った。**おれは生きて家へ帰るつもりだ。おれは手に斧をもって戸口に立つ。**「連中がどうしようとかまうもんか」

彼は当惑したように眉をひそめ、ストゥールの上で身を乗り出した。「自分が時間をむだにしていることはわかってるが——わたしにはわからないね。きみはいったいどうしたいんだ? なにを期待しているんだ?」

「おれはなにも要求してない」おれは言った。「あなたからもほかのだれかからも」

「だがどうして——いったいなにを証明しようとしているんだ? ここはいい刑務所

じゃない。いい刑務所なんてひとつもないよ。はじめてきみがここへきたとき、同情はけっこう集まっていた。きみはほんとうの意味で犯罪者じゃない、とね。きみは金持ちの女の子と付き合ってもめごとをかかえ、彼女の父親を殺すはめになったただの田舎の青年だと……」

おれは笑い声をあげ、かぶりを振った。「おれのことは気にしなくていいよ、ドク。自分の仕事をやってくれ」

「きみにきびしく当たらない気持ちはみんなもっていたんだ。きみはここで自分を向上させることに時間を使うこともできた。自己を高めて、出ていける日にそなえていろいろ計画を立て……」

「計画なら……」おれはそこで口をつぐんだ。

「なんだ?」

「なんでもない」おれは言った。

「そうか……」彼はためらった。「それならいい。きみくらいの年齢では、今回のことはたいへんなショックだったろう。世界の終わりのように思えても無理はない。だがな、カーヴァー、二十年の懲役刑を受けたからといって、かならずしもそれを務めあげる必要はないんだ。きみには応援してくれるいい弁護士がついている。行儀よくしていれば、たとえ彼が再審にもち込めなくても減刑にもち込むことはできる。きみはここを……そうだな、すぐさま出ていけるさ！」

「すぐさま」おれは言った。「つまり、十年か十二年後って意味かい？」

「そりゃあ、あんまり期待しないほうが……」

「おれはなにも期待していないよ」おれは言った。「なにもしてほしくないし。おれを放っておいてくれ、ドク。あなたは自分のことを気にかけてればいい。おれの心配はおれにさせてくれ。おれの頼みはそれだけだ」

「わかった！」彼は立ちあがりはじめた。「注射を打ってほしいか？　その背中は今夜きっとひどく痛みだすぞ」

「打ってくれ」おれは言った。「打ってくれなくてもいい。好きなようにしてくれ」

彼の目がきらりと光り、一瞬彼に平手打ちを食らうかと思った。しかし、彼はおれを見つめながらふたたびストゥールにどさっと腰をおろした。

「ごめんなさい」おれは言った。「でも、あなたの言ったとおりだよ。あなたは時間をむだにしている。おれのためにできることなんかだれにもない」

「でも……なぜだ？　なぜだ、カーヴァー？」

おれはためらった。自分にもうまく説明できないのに、彼にどうやって説明すればいいのかわからなかった。だが、彼はいい人だったから、なんとか説明しようとしてみた。

「つまり——つまりこういうことなんだよ、ドク。いまのおれは、あるとき読んだ物語に出てくる男みたいなものなんだ。その男は、ものが見えないようになった。比喩じゃなくて、ほんとうにものが見えなくなったんだ。目はあるんだが、その目は彼になにも教えてくれない。耳も同じだった。そして、口も。そこから出てくる言葉をひとつも見つけられなかった。さらに、彼はなにひとつ味わえなかった。ほんとうに味わえないんだ。全身が麻痺したようになったんだよ、ドク。彼はなにも感じなかった。そして、なにかがおかしいと本人もわかっていた——なにがおかしいのかわかっていた。でも、できることはなにひとつなかった。彼にもほかのだれにも。なにひとつ。なにかしようとしても時間のむだだった。なぜなら、彼は死んでいたんだ」

彼はおれがさらになにか言うかもしれないと思っているかのように、待った。それから、ため息をつき、立ちあがった。

「さて」彼はちょっと微笑んだ。「少なくともきみはしゃべってくれた。それがはじまりだ」

「いや」おれは言った。「それで終わりだよ。これ以上なにもない」

「どうかな。まだわからない」

おれはかぶりを振った。「あなたはなにかを知りたがった。おれは伝えようとした。でも、もう二度とおれをわずらわせないでくれ。さもないと、あなたの気に入らないことをしゃべってしまう」

おれが本気であることを、彼は見て取った。

彼は皮下注射を一本打ち、歩き去った。振り返らなかった。おれは悲しい気分になったが、どうしようもなかった。どんな好意も利用できなかった。好意はもう充分受けた――おれのために、おれを助けようとしてしてくれたことの数々。

いずれここから出ていくことはわかっていた。それにあたってはどんな助けも受けるつもりはなかった。助けは受けた。親父から、メアリから、ミス・トランブルから、レッドバード校長先生から、コスメイヤーから……

みんなから受けるであろう助けはもう全部受けた。

ミス・トランブルとレッドバード校長から何通か手紙ももらった。毎日を誠実に送りなさい。しっかりと顔をあげて。いまはとても暗いなかにいるように思えるかもしれないが、ひと晩で事態が変わる可能性だってある……

コスメイヤーからも手紙を二通もらった。少し時間はかかるだろうが、坊や、わたしたちはきっとうまくやる。中身が空っぽでもその頭をしっかり首にネジ止めしておくことだ……

おれは手紙に返事を書かなかった。最初に手紙を受け取ったときには、返事を書くことを考えた。しかし、少しあいだをおくと、書いてもしょうがないように思えた。どうでもよかった。ほかのことと同じように。

ドナからも手紙をもらった——というより、封筒になにかを入れて送ってきた。じつのところ、それは手紙ではなかった。それを見たとき、おれは心変わりしてコスメイヤーに手紙を書こうかと思った。彼はどうしておれにそんな仕打ちができるのか不思議でならなかった。

しかし、彼に手紙を書いても事態が好転するわけではなかった。むしろいま以上に事態を悪化させることしか彼にはできない、という思いがおれに浸透しはじめた。もう終わったのだ。だから、おれは手紙を書かなかった。

しかし、彼がやってくることは望んでいた。なにか知らせたいことができたらすぐに会いにくる、とコスメイヤーは言っていた。だが、彼が現れたら、知らせたいことがあるのはおれのほうだった。

……おれは予想していたとおりの夜をすごしていた。病院で経験したほかのどんなときよりひどかった。それに、うとうとするころはもう昼間で、しっかり眠ることができなかった。あるとき、医者がやってくる音が聞こえ、おれは浅い眠りから目をさました。

彼はおれの体温を測り、模範囚を見やった。「彼のぐあいはよくなっているか?」

「なにもしゃべらないし、なにも要求しません」模範囚は肩をすくめた。「こいつのことは知ってるでしょう、ドク?」

「ああ」医者はまたおれのほうを向いた。「気分はどうかな?」

「いいです」

「体がこわばっていないか? 注射を打ってほしいか?」

「お好きなように」おれは言った。

医者は模範囚にバッグを手わたし、去っていった。

彼は四日後までおれの寝台のそばに立たなかった。彼はおれを起こし、服をぬがせ、体を調べた。

「きょうは暑くなりそうだよ」——彼は指で皮膚を引っぱったり押したりして、おれの首を触診した。「風がそよとも吹かないんだ、まったくな、カーヴァー。採石場から立つ埃が溶鉱炉のそばにいるように熱くなって、しかも立ちこめるだろう」

おれはなにも言わなかった。おれの仕事を代わりにしてくれとたのんだわけでもないし、彼の仕事をするつもりもなかった。

「そのみみず腫れだが……ずいぶん治ってきているよ、カーヴァー。体力がまだ回復していないかもしれないが」彼はおれを振りむかせた。「それとも、そうは思えないか?」

「わからない」おれは言った。

「わたしになんと言ってもらいたいんだ?」唇を結んだままの笑いが、彼の顔に浮かんだ。「言ってみろ、カーヴァー。たのんでみたらどうだ。採石場で働くのはあと一週間無理だと言ってほしいのか?」

「おれはなにもたのまないよ」おれは言った。「おれはもう作業に出られる」

彼はためらい、笑いが消えた。しかし彼は若かったし、おれはつっけんどんだった。彼は、引くに引けなくなった。

「強がりを言うな、カーヴァー。いったい……」

「おれはもう作業に出られる」おれは言った。

それで、おれは作業に出た。

看守に促されて、通路を歩き、庭を横切り、ゲートを出た。おれは背中に両手をまわして握り、彼の五歩まえを歩かされた。そんな必要はなかったのに。そんなことをさせるのは、囚人が逃げるのを阻止するためだった。ときどき、むしろたびたび、囚人はかがみ込んで石を拾い、投げたりした。看守を倒し、場合によっては銃を奪って看守を殺したりした。

しかし、逃げた者はひとりもいなかった。監視塔にいる看守はライフルにスコープを付けていて、必要なら二マイル先にいる人間も撃つことができた。しかし、撃つ必要はいままでに一度もなかった。だれひとり、そんなに遠くまでいった者はいなかった。

五月だったが、医者が言ったように暑かった。熱気が倍になったようで、頭と首を焦がし、陽光が岩に跳ね返って、目と顔に突き刺さった。

採石場についたときはほっとした。ちょっとめまいがしたが、ふらつくのはまずいことはわかっていた。倒れたり、歩みをとめたり、看守に声をかけたりしないほうがいいことはわかっていた。医者が言っていたように、おれは回復しかかっているのだ。

ふだん、風があるとき、看守たちは石を切り出す坑からはなれたところに立っていた。監房の窓からは、彼らが大きな円を描いて数珠なりになり、二百ヤードくらいはなれたところをぶらぶらしているのが見えた。まんなかには大きな土埃が舞っていた。しかし、きょうは風がちらっとも吹いていなかったので、彼らはおたがいに声をかけ合えるよういつもよりかたまっていた。

刑務所の看守がおれのもとをはなれると、採石場の看守があとを引き継いだ。おれは帽子をぬぎ、ポケットにしまった。シャツもぬぎ、頭のまわりに巻いた。看守が埃用のマスクを投げて寄こしたので、おれはそれを口と鼻にかけた。すぐに詰まってしまうのだが、どうでもよかった。石を切り出す坑の底につくと、おれはマスクを取った。マスクをしていると空気がよく吸えないし、マスクを付けろと強制してくる看守もいなかった。

石切りの坑では看守など必要なかった。梯子を使う以外、外に出る方法はなかった。採石場で働く囚人たちには毎日やることがいっぱいあり、その日の終わりまでに相当量の岩を地上にあげなければならなかった。もし充分な岩が採掘できなければ、できるまで坑にのこされた。

おれは梯子があるところへくるまで、埃のなかを少しずつ進んだ。ズボンで両手を拭き、梯子のてっぺんをつかみ、足をぶらつかせて梯子の段をさぐった。そして、下へ、下へとおりていった。

埃は奇妙だった。梯子のてっぺんにいたときには、これ以上埃がひどくなることはないだろうと思った。梯子を一段おりるごとに、そう思った。もっとひどくなることなどありえなかった。だが、いつだって、もっとひどくなった。

梯子を一段おりるごとにひどくなった。

しばらくおりると、梯子もほとんど見えなくなった。手触り以外感じなくなって、自分は鉄のかわりに埃をつかんでいるのだと思ったくらいだ。実際、埃をつかんでいた。埃にまみれた泥を。両手には汗をかいていた。手は埃まみれの梯子の段にすべった。すべらないようにしっかりつかむなんてできなかった。

岩棚、つまり小さな断崖のようなところまで達し、そこで最初の梯子が途切れていた。片方の腕を梯子の段に引っかけ、マスクを引っぱりおろし、腕で顔をごしごしこすった。そして、つぎの梯子をおりはじめた。

数段おりるごとにとまり、両手をズボンにこすりつけて拭いた。しかし、いまではズボンも汗で濡れていて、たいして役に立たなかった。片側の肩にむけて洟をかんだが、鼻汁はすぐにとまり、鼻の穴がひりひりした。拳で目をこすってみたが、もちろん視界はひらけなかった。埃に埃を重ね塗りしただけだった。

どんどん下へおりていった。そして思った——思ったことをおぼえている——**こんなのおかしい。目はあるのに見えないなんて。息はしてるのに呼吸できないなんて。手はあるのにちゃんと握れないなんて**……なんだかとても妙な考えのように思えた。

おれはとまり、しっかり洟をかみ、目をこすった。今度はうまくいった。おれの手はもうすべらなかった。なぜなら……

そう、こうでなくちゃ、と思った。どうして思いつかなかった……

なぜなら、おれの手はなにもつかんでいなかった。

19

おれは十週間入院していた。そして——そしてあの医者、なぜかと理由を知りたがった若い医者には二度と会わなかった。おれが意識を回復するまえに、べつの医者が付いてすぐ彼は去った。彼には二度と会わなかった。それが残念だった。彼のことを少しも責めていなかったからだ。彼の立場だったら、おれみたいなやつに付き合わされて癇癪をおこしていただろう。

新しい医者は六十近い男で、〝なぜ〟も〝なに〟も気にしなかった。どうでもよかった。彼にとって患者を診ることは仕事にすぎず、患者がはやく治ればそれでよかった。脳震盪、鎖骨二本の骨折以外にもどこか悪いところがあることを、彼が知るまで三週間かかった。最終的に、大量の血が混じった痰をおれが吐き出したことに気づいたとき、彼はおれの胸をひらき、肋骨の破片をいくつも取り出した。彼はよい仕事をしてくれたと思う。だが、おれはひどい感染症にかかり、なかなか回復しなかった。

おれはずいぶん咳をした。そして痩せ、骨と皮ばかりになった。こめかみのあたりの髪——ふさふさではなかったが——が灰色になった。

六週間目の終わりにむかうころから徐々に回復しはじめたが、そんなときコスメイヤーが会いにきた。

面会室にいくと、彼は読んでいた書類から顔をあげたが、すぐに視線を戻した。それからもう一度顔をあげると、わずか一秒のあいだに半ダースくらいの表情を顔に浮かべた。どんな表情をしたらいいのか、どうふるまえばいいのかきめかねているようだった。ようやく決心がついて、彼は立ちあがった。頭を振り、口の両端を下にさげた。そしておれの手を取り、振って、となりの椅子におれをかけさせた。

「ううむ、ひどい顔をしてるな、坊や。どうにか生きられそうなのか?」

「死にはしないよ」おれは言った。「なんの用です?」

彼の表情はふたたび変わった。彼は、おれの胸を軽くたたいた。「たいしたことじゃない」――おれは彼の手から後ずさりしたが、彼は気づかないようだった――「たいしたことじゃない――だが、きみをここから出す話だ!」

「それで?」おれは言った。

「わかってるよ。ずいぶん長い時間がかかっているから、怒っているんだろうな。しかし、いろいろな根回しが必要だったんだ、トム。わたしは基本的におしゃべりが専門で、公判の面倒な書類手続きは不得手だった。それで、できる男たちにやってもらいたかった。できる男たちだよ、わかるな？　具体的には、上訴事件の弁護人席にすわった経験が豊富なふたりの弁護士たちだ。それで――」

「それで、新たに裁判をおこす用意ができた」おれは言った。

「ほかのことはいっさいしなかったよ、トム！」

「今度はおれをどうしようっていうんです？」おれは言った。「九十九年の懲役刑に？」

「それほどきみは怒っているわけか。もう一度言わせてもらうぞ」彼は両手を広げた。「いいか、坊や。こういうふうにやるんだ。わたしはある男を見つけた――まったく、あの留置場はひどいところだったよ！――わたしはいろんな手を使って彼を説得した。彼はこれからあけっぴろげになんでも話すだろう。ズボンの前ボタンまであいていないか気にかけながらな。そいつを法廷へ引っぱってくるよ――手足を縛って法廷にかついでこなければならないとしても。そして……」

「だめだ」おれは言った。

「できないと思ってるのか？　その男を引っぱってくる。郡検察官も楽勝の相手になるだろう。彼はきっと取り引きをたのんでくる。そしたら、彼を無視するようにふるまう。

裁判へ一直線だ。みんなを困惑させてやる。判事だって――セント・バーナード犬みたいなあの白目がちの男だって――」

「それはあまり賢いやり方じゃないな」おれは言った。

「なに？」彼はちょっとペースを落とした。「どういう意味だ？」

「彼女のことだけど、じつは彼女はあなたの請求書をおれに送ってきた。支払い済みのスタンプが押してあった」

「それは……」彼はふたたびいろいろな表情を浮かべた。そして、ある表情に落ちついた。「そ、の、こ、とで怒ったりしないよな？」

そして肩をすくめ、大きく目を見ひらいた。おれが手を振りあげて鼻をなぐったかのように、当惑して傷ついたような顔つきをした。その力がのこっていたら、たぶん、おれはそうしていただろう。

「言わせてもらうけど」と、おれはゆっくり言った。「あなた頭がおかしいんじゃないか？」

「実際に？　それともだれかとくらべて？　きみこそその空っぽのカボチャのなかの記憶を呼びさましてくれ、坊や。わたしの請求書は農園へ送ると言わなかったか？　いずれにしろ、そんな金を回収する方法はほかにないんだから。小娘は小切手も切れないとでも?」

「そんなことはない」おれは言った。「とにかく——そんなことはないよ」

「よかった。で、わたしは言おうとしていたんだ。わたしたちは裁判に突入する。そして、進行を引っかきまわす。それから、取り引きの話をする。郡検察官に取り引きの話をさせるんだ。そうすると、トム、どうなると思う?」

「十九年と半年」

「罪状は、故殺になる。わたしたちはそれだけを訴える。きみがいままで務めてきた刑期が、判決の量刑と等しくなる」彼はおれを見ながら厳めしくうなずいた。「それを勝ち取るんだ、トム。検察官はうやうやしくそれを進呈してくれるだろう」

彼はふたたび待ったが、おれはなにも言わなかった。すると、彼の目にいままで見たことのなかった表情がしだいに浮かんできた。

「まったく」と、彼は自嘲気味に言った。「なぜ興奮してるんだ、わたしは? 手付け金はもう受け取っているのに」

ちょっとまえだったら、彼をなぐりたかっただろう。しかし、いまは彼にうしろ指をさす者をなぐりたかった。彼の考え方はおれとちがった。おれは、彼が考えるように考えられなかった。だが、彼の目に浮かんだ表情を見てわかった。彼がしたことは、おれにとって受け入れがたいのと同じくらい彼にもうしろめたかったのだ。おそらく、本人が思っている以上にうしろめたい。なぜなら、彼が戦ったのは、自分自身の命ではなく、おれの命を救うためだったのだから。彼は金のためだけにやっているのではないことがわかった。彼を動かすのに充分な金などないことがわかった。

「ミスター・コスメイヤー」おれは言った。

「そうとも」彼は言った。「だれにでも訊いてみるといい。わたしたちユダヤ人が気にかけるのは金がすべてなのにな」

「あなたに謝ろうとしたんだ」おれは言った。「おれはいままで自分の気持ちばかり考えてきた。たぶん自分を哀れむばかりだったから、ほかの人の気持ちなんて見えてこなかった。みんなおれみたいに自分の感情に身をまかせているもんだとばかり」

「ばかばかしい！　きみはまるで……」

「あなたはこの訴訟で一セントもかせげない可能性だってあった。なのに、たぶん自分の金をたくさん使ってしまった。どれほど犠牲を払ったのかわからない。あなたはおれのために戦いつづけようと、金を——金をあらゆるところからかき集めなければならなかった。おれがすべきだったのは……」

「だれかこの男をだまらせてくれないか?」彼はふたたび笑いを浮かべていた。笑いを浮かべると同時に、しかめ面をつくろうとしていた。「そしてあの農園を抵当にする書類に彼にサインさせてくれ!」

「おれはあなたをとめるべきだった」おれは言った。「でも、どうなってるのか状況がわからなかった。それに、どうでもよかった。すみません、ミスター・コスメイヤー。再審はありませんよ。おれはぜったい有罪を認めないんだ」

「そうなのか」——彼はかぶりを振った——「だが、本気じゃないだろう、トム」

「本気ですよ。わかりませんか? おれは再審を受けられないんだ。もし裁判を乗り切って、結局情状酌量を認められたとしても最悪だ。彼女だってけっして……」

「彼女はよくわかってるよ。もし確信がなかったらあんな金をきみにかけると思うかね? わたしが彼女をあんな目に遭わせたあとに?」

「彼女が金を出したのはそれが理由じゃありませんよ。あなたは彼女を知らないんだ、ミスター・コスメイヤー」

「彼女は一人前の女じゃないっていうのか？　きみは女ってものを知らん。女にまるっきり無知だと、空っぽのカボチャのせいできみはトラブルをかかえる」

「彼女がどう感じているかは知っているでしょう」おれは言った。「彼女が言ったことを聞いたでしょう」

「法廷でな。そしてきみはわたしの尋問も聞いた。全部ひっくるめて、どうなった？」

「だからどうだっていうんです？　彼女は……」

「よく聞きたまえ」彼は言った。「しっかり聞くんだ。お父さんのところから逃げだしたとき、きみは彼女を手荒く扱った。そして彼女は、心にもないことをいろいろ言った。それから、今度はわたしが彼女を手荒く扱った。彼女はいろんなことを言ったよ。わたしが彼女に言わせた。だからなんだ？　きみがやったと思っていたからではなく、彼女はそう感じていたんだ。だが、賭けてもいいが、そう感じたことをひどく後悔している。そして後悔していることをきみに示そうとしたが、きみはあまりに愚かでそれを信じようとしない。きみは彼女にこれっぽっちも折り合おうとしない。たしかに、わたしはけんか腰になったし、彼女もけんか腰になった。彼女にはつらかったんだ——だが、きみはもっと不当な扱いを受けた。裁判を受けて、刑期を務めなければならなかったのはきみだ。

彼女はきみをここへ送る手伝いをしたが、きみが有罪でないことを知っている。そしていま彼女は……」

「彼女はおれが無罪であることを知らないよ。だれも知らない」

「きみは――彼女は実質的に一年以上きみと結婚していたのに、きみが無罪であることを知らないと？　きみがどんな人間か知らないと？　きみが有罪だと考えているのに、わたしに対して特別優秀な検事を送り込まない？　彼女は新たな裁判を戦わない？　わたしが送る請求書に支払いをする？」

おれはためらった。だが、彼女がどんな人間かおれは知っていたし、彼がどんな人間かも知っていた。彼は、その気になれば猫を説得して吠えさせることもできることを知っていた。

「それで」彼は言った。「どう思うんだ、おばかさんは？」

「すみません」おれは言った。「ほんとうにすみません、ミスター・コスメイヤー。一所懸命やってくれたのに。でも……」

「でも、なんだ？　でも、のあとになにがつづくんだ？　〝でも〟って言葉についてよく考えたほうがいいよ、坊や。二十年はとんでもなく長いぞ」

「すみません。おれにはできない」おれは言った。

「トム。まいったな、坊や……」

「それに、おれはここに二十年いるつもりはない」おれは言った。「もしかしたら、だからあなたの望むようにできないのかもしれない。いずれにしろ、おれは出ていくことがわかっているからだ。今年の年末までにはここを出ていく」

「そうかい」――彼は窓のほうへ頭をぐいとひねった。「あそこの墓場へか？　地中にか？　とどのつまりはあそこ行きか。ここを脱獄できた者などひとりもいないよ」

「そんなことを言っているんじゃない」おれは言った。「そんなふうにはならないと思う」

「だったら、どんなふうになる？　脱獄するのでもないし、新たに裁判を受けるのでもない」

「わからないよ。でも、出ていくことはわかってる」

どうして曖昧なことしか言えないのか彼に説明できなかった――斧をもって親父に面とむかっている光景が頭に浮かんでいることを説明できなかった。もしかしたら、彼はおれをクレージーだと思うかもしれなかった。そんなことはおこりっこないと思うにきまっていた。

コスメイヤーは、自分が課せられた三十日の拘留について話した。冗談交じりで、おれの気分を高揚させようとしていた。たしかに、そのほとんどは愉快だった——そこでの最後の一夜の部分をのぞいては。その部分にはあまり笑えなかった。

「……どうかしてるだろ？　とびきり頭のおかしいやつは何人か見たと思っていたが、この男は最悪だった！　やつはその晩はやくに連行されてきた——たしか土曜日だった——泥酔していたからさ。そして、わたしのとなりの監房に入れられた。彼はたちまち眠ってしまったよ。だが、日没ごろ彼はいまのわたしのようにしらふになった。いいか、トム？　完全にしらふになったんだ。あのときも、自分のしていることがわかっていた——ああ、これからちゃんと話すよ。つまりな、その夜は、郡にいる全インディアンの半分がボトルごと飲んでいたみたいだった。牢番は、あいた監房がなくなるまで彼らを詰め込んだ。それから、ひとつの監房にふたり、三人と詰め込みはじめた——立錐の余地もほとんどなくなるまで、監房をぎゅうぎゅう詰めにしていった。それで、新たな一団を連れてきたとき、ついにわたしのとなりのあの監房、しらふのインディアンが入っていた監房だよ、そのまえで足をとめ、彼に出ろと言った。『オーケー、エイブ』牢番は言った。『釈放だ。おまえはもう入っていなくていい。お友だちたちはおまえのそばにいたくないとよ』すると、エイブはほかのインディアンたちにむかってわけのわからないことをぺらぺらしゃべりはじめ、ほかの連中は彼を無視した。牢番はもう一度彼に監房から出ろと言った。何度もくり返し言ったが、エイブはおしゃべりをやめず、ほかのインディアンたちはなにも見ない、なにも聞こえないふりをしつづけた。牢番はついに保安官助手をふたり呼び、三人がかりでエイブを監房から放り出した。監房から放り出したんだ。こんなばかな話、聞いたことがない！　話し相手がほしいあまり、監房にいつづけたいなんて想像できるか？」

「そうだな……」おれはためらった。「ああ、想像はできる」

「ほんとか？　そうかもしれんな」彼は肩をすくめ、腕時計を見た。「それじゃ、新たな裁判のことを考えてみてくれ、トム。わたしが正しいことがきっとわかる」

「もう考えたよ」おれは言った。

「もっと考えてみてくれ。週の終わりにわたしに返事をくれ。紙にオーケーとひとこと書いて、わたしに送ってくれ。なんならわたしが代わりに書いてやろうか？」

彼はノートを取り出して、万年筆に手をのばした――そして、おれを見つめた。やがて、彼はため息をつき、ノートをポケットにしまった。

「そうか」彼は言った。「きみはひどいまちがいを犯していると思うが――」

「どうしようもないんだ。おれにはできない」

「そうか。それじゃ……」

彼は床を見つめた。眉をひそめ、足元のタイルのひびを足でこすりながら。そうやって、長いこと立っていた。なにかべつの議論を思いつこうとしているようだった。おれはちょっと不安になりはじめた。彼の言うとおりにはいかないことはわかっていた。有罪を認めることなどできなかった。しかし、外へ出ることを、自由に歩きまわれることを考えると……

そのことを考えると、ほかのことはあまり考えられなくなった。外へ出られるだけで充分なように思えた――だが、そうではないことはわかっていた。

「なあ」――彼はついに顔をあげておれを見た――「わたしは頭のなかを検査してもらうべきかもしれんが、いま予感がした。きみはわたしの言ったようにすると思う」

「予感なんてありえないよ」おれは言った。「でも、いろいろありがとう」

「わたしがきみに嘘をつくと思うか？　予感できるのはきみだけか？」彼はまた腕時計にすばやく目をやった。「わたしはきみといっしょにクリスマス・ディナーを食べるよ、坊や。彼女にカボチャでパイをつくらせるんだ。わたしたち三人でいっしょに食べる。

そうなるよ、わかったか?」

「わかったよ」おれは言った。

「それじゃ、わたしはいかなくちゃならない。自棄になってばかみたいなことはするなよ。そして――そして……」

そして、彼は帰っていった。

おれは寝台に戻り、横になった。

彼はとても自信ありげだったから、おれは彼が本気で言ったのだろうとしばらく信じた。目を閉じると、おれたちがいっしょにディナーを食べている光景が見えた。彼はジョークを言い、パイを切り分け、ドナは笑い声をあげて背もたれに寄りかかり、それから向きを変えておれに微笑みかける。おれは……

しばらくそんな光景が見えていた。

だが、やがてその光景は消えていった。そしてどういうわけか、そんな光景は一度も見なかったような気持ちになった。この状況以外になにもなくて、自分はまちがっているのではないかと思いはじめた。そして、しだいに、日がたつにつれ、ほかにはなにもありえないのだということがわかりはじめた。

おれはここを出る。ぜったいにだ。おれは親父を訪ねていくが、彼は数ヵ月のうちに家を締め出されるだろうから、長いことこんなところにいることはできなかった。おれは出ていくが、ずっと外にいられるかどうかはまたべつの話だった。木を切るために斧をもっていくわけではなかったからだ。

だれが真犯人か、いずれみんな知るだろう。たとえみんなが知らなくても、軽い罪でまぬかれる道を思いつくことができたら、おれは知る。ドナとはもうなんの関係もなくなるだろう。自分のほうから手を切る。そうなれば……

そうなれば、おれがここにいるかどうかはたいした問題ではない。いま以上にどうでもよくなる。いまおれは殺人犯ではなく、そのように見えるだけだ。

おれは戻る。だが、人はどこかにいなければならない。そして、いまはここがおれの居場所だ。生きているかぎり、おれはここにいるかもしれない。

実現することもあるし実現しないこともある、と自分を言い含めようとした。しかしすぐにあきらめ、ここから出られた自分を思い描こうとした――家の戸口にいる自分を――手に斧をもたずに。だが、自分を言い含めることはできなかった。そんな姿は思い描けなかった。

斧は、そこにあった。その思いを追い払うことができなかった。

そして、おれはキッチンで薪を割るつもりなどなかった。

コスメイヤーが帰ってから二週間後、おれは彼に手紙を書こうかと一度思った。再審を進めてくれと彼にたのみそうになった。それから考えなおし、そんなことをしてもなにひとつ変わらないと思った。どんな方法を使って外に出ようと関係ない。おれは、つねに外の世界にいるのだ。

手に斧をもって、戸口のところにいる。

それはなにがあっても変わらない。刑期の最初の年末までにここを出ていくことがわかっているのと同じくらいはっきりとわかっていた。

そして、年末まえにここを出た。

サンドストーンに入ったのは一月だった。

出たのは九月だった。

その経緯を、先に少し話しておこう。

まえにも言ったように、おれは十週間病院にいた。しかし、まだ体力があまり回復していなかった。きつい労働はまるでできなかった。だが、もう病気ではなかったから、病院にはいられなかった。それで、妥協案が採られた。

病院がある階には、精神病質者用に使われる監房が数個あった。しかし、刑務所の病院ではもう精神病質者を扱わなかった。彼らは精神病院へ送られた。それで、おれはその監房のひとつに入れられた。

医者はときどきおれを診察にきた。おれは体力を使わないレザー・クラフトの仕事をやっていた——刑務所の計らいで。その仕事は、悪くなかった。おれはたいていの囚人よりもずっと楽に暮らしていた。

監房の窓は天井近くにしかなく、ドアは鉄格子のかわりにかたい木製だった。小さなのぞき穴があるだけだが、窓の外に見えるものは砂岩だけだった。いずれにしろ、病院でおれが見たいと思うものなどなにもなかった。馴れてしまうと、居心地がいいくらいだった。

頭のなかで斧のことばかり考えていなければ、自由の身になっても斧なんてなかったら……

九月がきた。

ある朝、午前中のなかごろ——朝食の二時間後くらい——鍵穴でガチャガチャ音がして、勢いよくドアがあいた。

刑務所長と医者だった。彼らはおれを見つめ、ちょっと緊張した面もちだったが笑いを浮かべていた。突然大金持ちになった町の浮浪者を見るように。

「さて、カーヴァー」刑務所長が言った。「きみにニュースをもってきた。いいニュースだ」

「そうなんですか?」おれは言った。

「最高のニュースだよ。それをきみに告げられるのはひじょうに誇らしいし、ハッピーだ！　たったいまこの医者先生にも言っていたんだが、わたしはいつもきみが……」彼はためらいを見せた。大きな赤ら顔についている目がうつろって、おれの目からはなれた。「とにかく、これだ。自分で読んでみるといい」

彼はおれに新聞をわたした。オクラホマ・シティの日刊紙。第一面に載っているおれ、マシュー・オンタイム、エイブ・トゥーレイトの三枚の写真の下に、記事が掲載されていた。

クリーク・インディアンとの混血であるエイブ・トゥーレイトが、昨夜、やはりインディアンの血が混じった農園のオーナーである裕福なマシュー・オンタイムを刺殺したと自供した。その事件では、べつの男性が裁判にかけられ、有罪となっていた。無実の男性、十九歳のトマス・カーヴァーは、今年一月からサンドストーン州立刑務所で服役中である。

去年の十一月に世間を騒がせた犯罪がおきた場所、バードック郡の保安官によると、トゥーレイトはここ数カ月ずっと奇妙なふるまいをしていたという。保安官によると、昨日午後遅く、彼が保安官事務所へやってきて、殺人の詳細を自供した。学校の元守衛で町のはみ出し者である彼は、農園の畜舎から豚を一頭盗もうとしたとき、ミスター・オンタイムに見とがめられてパニックになり、彼を殺したと告白した。殺人の凶器は、雇用期間中にハイスクールの最上級生であるカーヴァーから盗んだナイフだった。

知事室によれば、カーヴァーを釈放するための手続きがすみやかに取られているという。釈放の正式な手続きには数日要するが、それは知事の権限内で……

おれは顔をあげた。刑務所長は笑いを浮かべ、片手をさし出した。おれはその手に新聞を返した。

「なるほど」おれは言った。「おれはいつ出られるんです?」

「それは、その」――彼の笑いが消えていった。「それは、いますぐにだっていい! だが、まずちょっと話をしたほうがいいかもしれない。わたしは、きみが正しい手続きに則ってここを去っていく姿が見たいんだ。いいかね、きみには理解できないかもしれないが、法廷が一度被告をこの施設に送ったら、われわれには、その、つまり決定権がないんだ――われわれは、受刑者の取り扱いを……」

「わかった」おれは言った。「心配いりませんよ、所長」

「心配? いや、つまりだな……」

「ここの待遇のことはしゃべりませんよ」おれは言った。「そんなことをしてもなんにもならない。この場所は、たったひとつの理由のためにあるようなものだ――どうせ、だれも気にしてない。気にしていたら、ここは変わっていますよ」

刑務所長の顔がまっ赤になった。彼は体をまわして医者のほうをむいた。

「彼をここから出ていかせろ！　いいか、もし一時間後も彼がここにいるのを見つけたら——彼をここから出ていかせろ！」

おれは一時間以内に追い出された。爪先のかたい、革のこわばった靴をはき、だぶだぶの黒いスーツを着て、ポケットには五十ドル入っていた。十ドルは州から支給された金で、のこりは——だれがくれたのかわからない。コスメイヤーかレッドバード校長かミス・トランブルか。おれはそれまで一セントも金を使わなかった。売店でものを買うなんて特権をあたえられたことがなかったからだ。

おれは砂岩の高い塀の外に立った。なんだか動くのがこわくて、一、二分身じろぎもしなかった。やがて、暑さを感じ、上着を腕にかけ、町へむかって歩きだした。

五マイル歩いた。町へついたとき、バスは出たばかりだった。おれはレストランに入り、パイとコーヒーを注文した。

ウェイトレスは、おれのスーツを冷たい目で見ながら、注文した品を目のまえにぞんざいにおいた。それからおれに背をむけ、カウンターにおいてあった新聞を取りあげた。

そして手をとめ、おれを振り返った。

ガムを噛んでいた顎の動きが活発になった。

「あら、まあ――あんた」――彼女は新聞にすばやく一瞥を投げた――「あんた、ここに載ってるカーヴァーとかいう人ね！」

「そうだ」おれは言った。

「そうなんだ。あたし、いままであんたのことを読んでたのよ！　外へ出られてほんとによかったね」

おれはうなずいた。

「あんた、州を訴える？　きっと大金をもらえるよ！　そんなに長いこと刑務所にいたわけじゃないけど、もちろん……」

「どうかな」おれは言った。「あんたが言うように、おれは長いこといたわけじゃないから」

彼女はちょっと身を引き、カウンターに少しこぼれているコーヒーに視線を落とした。

「ねえ――あんたならわかるだろうけど、出所した人はみんなここへ立ち寄るみたいよ。だけど、見た目がみんなそっくり」

「そうさ」おれは言った。「みんな見た目がそっくりなんだ」

バスがきたとき、おれは外で待っていた。バスに乗り込んだとき、運転手はおれを品定めして、肩の上で親指を振りかざした。「席はいちばんうしろだ」

おれはうしろの長い座席に腰をおろした。レストランの窓際にウェイトレスが立って、新聞をかざしながら窓ガラスをたたいているのが見えた。

運転手はいったん歩道におり、窓越しに新聞を見た。バスに戻った彼は、おれのところへやってきた。

「すまなかったな——ミスター・カーヴァー。まえのほうの席に移らないか？　タイヤの真上に乗っていると、揺れがもろに伝わってくるんだ」

おれはかぶりを振った。彼はおれの肘に手をのばした。

「さあ、さあ。おれのわきにすわって。乗ってもらって光栄だ」

「ここのほうがいいよ」おれは言った。そして背もたれに寄りかかり、目を閉じた。

その直後、バスはぶるんと震えて発進した。

チカシェイにつくまで、ほとんど目をつむっていた。ときどき目をあけたが、それは徐々に陽光に目を慣らすためだった。おれはチカシェイでバスをおり、新しい靴とカーキ色のシャツとズボンを買った。刑務所の服は店にのこしてきて、またバスに乗った。オクラホマ・シティに到着したのは、五時ごろだった。

すぐにまたバスに乗ることもできたのだが、時刻表をチェックすると、バードック・シティに真夜中あたりにつくことがわかった。はやすぎた。そんな時間についたら、おれを知っている人に出くわすことはほぼ確実だった。それで、おれは夕食を取り、しばらく町を歩きまわり、それからバスに乗った。

バードック・シティにつくのは午前二時ごろになるだろう。そのころにはきっともうだれも起きていない。そして、あそこへ歩いていくまで……長く待つ必要はない。

いま太陽はほぼ沈んでいて、涼しい晩だった。おれはバスの窓際にすわり、外を見ながら畑がすぎ去っていくのを見つめていた。おれはいつだって春より秋のほうが好きだった。人によっては死んだ季節のように思えることはわかっている。緑がなくなるとか、大地がかたくなってやせて見えるとか、鳥が鳴かなくなって静かになるとか。しかし、おれにはまったくそんなふうに思えなかった。おれは、緑がなくなるなんて感じたことは一度もなかった。緑はつねにあって、草原や畑のなかにあり、ふたたび春がきたら芽を吹くのだ。秋には休息しているだけで、つぎには以前にもまして瑞々しく輝く。

大地。大地についておれがどう感じているか話そう。とにかく、大地がどれほどのことをしてきたかは計り知れない。だから、やせて見えるときがあってもいい。そう見えないとしたら驚きだ。そう、かたいのもかまわない。かたさはそれまでも何度も経験してきている。そのかたさは、いずれほぐれる。ときには、しかめ面のほうが微笑みよりずっと受け入れやすいこともある。疲弊したものがむりに笑うのはだれも見たくない。笑顔をやめたからといって、二度と笑顔を見せないわけではないのだから。

鳥……鳥のさえずりほどよいものはないと思う。しばらく聞いていなくてひさしぶりに聞くと、世の中にこんなによいものがあったのかと思うほどだ。けれど、よいものがあまりにまわりにありすぎると、ありがたみがたちまち薄れてしまう。それどころか苛立ってきて、気がついたときには気が短くなり、大好きだったものが癇に障るようにさえなる。まるで自分が保有しているより多くの権利を得ているかのように思い、少し罪悪感を感じるほど。それでもかまわないと思うかもしれないが、けっしてそんなことはない。それではけっして満足感を得られない。おそらく、人生に掘出しものなどないことを心の奥では知っているからだ。おそかれはやかれ、ツケを払うことになる。おれは——

とにかく、おれは秋が好きだ。

畑が、綿が後方にすぎ去っていくのをながめた——ところどころ、収穫が終わってい
た——トウモロコシやサトウキビ。
親父は十エーカーの土地の収穫を終えただろうか、と思った。たぶん終えただろう。
借地権が満期になったときには、先に進むための金が多少入って……
しかし、彼は多少の金など必要としていなかった。
先へ進もうとなどしていなかった。
暗くなってきた。バスのライトがついたが、畑はもう見えなかった。バスはいくつか
町を通過し、家々の明かりが道路の後方へ流れていった。
おれは眠ろうとしたが、ずっと目を閉じていられなかった。どうしてもまぶたがひら
いてしまった。見えるものはあまりなかったが、とにかく外を見つづけた。なにかある
かもしれない気がして、もし見ていなかったら見逃してしまうと思った。
マスコギに休憩所があった。おれはまたコーヒーとパイをひと切れ腹におさめた。睡
眠はもう取らなかった。その日は、サンドストーン刑務所でひと月に飲んだ量より多
くのコーヒー——ほんもののコーヒー——を飲んだ。まぶたが頭のなかにめり込んでし
まったような気がした。

マスコギからバードック・シティまでは二時間の道のりだったが、到着したときはさらに目が冴えていた。

おれはバスをおりた。おりた乗客はひとりだった。町はずれにくるまで裏通りを歩き、それから畑に入った。

そんなことをする必要はなかったと思う。町ではだれにも見られなかったし、人を見かけもしなかったし、だれかに出くわしそうもなかったからだ。だが、おれは畑のなかを歩きたかった。足の下に土を感じたかった。育った作物よりもいま育っているものの近くにいたかった。

暗くてなにも見えなかった。しかし、見る必要もなかった。ここでは迷うこともありえなかった。どこを歩けばいいかわかっていた。どこに小谷があり、どこに溝があり、どこに柵があるかわかっていた。露に濡れた植物に体をこすられながら、おれは畑から畑を歩いた。少しも迷ったりしなかった。

おれは少しゆっくり歩きはじめた。

めざしていたところはすぐ近くだった。おれたちが——彼が作業をした畑。

ここの綿花の収穫はまだだった。おれは作物に片手を這わせ、その繁茂ぶりを感じながらどんどん歩いた。莢をつまみ、指のあいだから綿を摘んだ。

綿はとてもよく育っているようだった。大量に収穫できそうだった。もし適正価格で買いあげられ、市場になにもおきなければ——

指のあいだから、莢を落とした。

おれたちが、というのはまちがいだった——彼が、だ。オンタイムのために作業をした土地の一部。小作した四十エーカーの一部。

おれたちの土地十エーカーは、このとなりにあった。おれは柵のてっぺんに張ったワイアーを押しさげ、それをまたいだ。

数歩進んで、思わず立ちどまった。こんなありさまになっているなんて信じられなかったからだ。ヒメモロコシがおれの腰のあたりまでのびていて、ヒマワリはおれの顔にあたった。

おれは怒り、当惑して、棒立ちになった。どう考えていいのかわからなかった。

こんなの納得できなかった。どう見ても。十エーカーなんてその気になれば子供でも作業できる。彼が、親父が作業したくなかったのなら、だれかほかの人にやってもらってもよかった。なにかできたはずだ——こんなふうに放っておく必要はなかった。こんなふうにできるはずがなかった。

ヒメモロコシとヒマワリをこんなふうにのばしほうだいにしたら、土壌を元に戻すには何年もかかる。植物はあたりにはびこり、周囲にも迷惑をかける。もしかしたら、土地はもう自分たちのものではなくなったのかもしれない。もしかしたら、この土地からはなにも収穫するつもりがなかったのかもしれない。しかし、そんなのは言い訳にならない。こんなことはしないだろう、かりにも――

かりにも一人前のおとななら。

かりにも気配りができるなら。

風の強い日に焼き畑をしたようなものだ。屋外便所の外に立って服をよごすようなものだ。

おれは畑を進んでいき、柵のところまできた。柵を乗り越えて、庭に入った。

そこも同じだった。畑と同じ。彼は――

おれはそのことを考えるのをやめた。

薪小屋のドアを見つけ、なかに入った。

砥石が、いつものあったようにドア枠の上にあった。そして斧は、いつものように分厚い板の台に突き刺さっていた。おれは斧を抜き取り、台に腰をおろし、錆ついた刃に片手を這わせた。斧を膝のあいだにはさんで砥石の埃を払い、斧の刃を研ぎはじめた。以前、刃を研いでいる自分を想像したことがあった。いまは実際にそうしていた。砥石を刃の上で前後に動かし、ときどき手をとめて、研ぎぐあいを親指でたしかめた。何度もひっくり返して研ぎ、爪ではじいたときされいな金属音がするまでカミソリのように鋭く研いだ。いまは太陽が出てきつつあって、刃が銀色に輝いていた。

しかし、日が高くのぼるまでまだ時間があったし、おれにもたっぷり時間があった。それで、今度は斧のヘッドに取りかかった。砥石でそこをこすり、埃や錆を落とすと、刃と同じように輝きはじめた。

斧を磨きつづけていくと、明るくなった光が刃にあたってますます輝いた。そしてついに、もうやることがなくなった。錆や埃はまったくついていなかった。斧は鏡のように光っていた——そこに自分の姿を映しだすこともできそうだった。

斧にすることはもうなかった。のこるは斧ですることだけ。

おれは斧の柄をつかみ、ドアへいった。

いままで家のようすをずっと思い描いてきたが、実際に見てみると想像とちがった。

雑草、ヒマワリ、ヒメモロコシが庭にびっしり生えていて、ポーチまでのび、板のあいだからも突き出ていた。そして家は、基礎の石のひとつが崩れて沈んでいた。建物は水漆喰が陽に焼け、窓はよごれ、そのひとつは割れ、割れたところにボロ切れが詰めてあった。

おぼえている庭ではなかった。おぼえている家ではなかった。どう思い返しても、ちがった。

おれは朝の静けさのなかで耳をすましながら、待った。

かすかに、ドアが軋んであく音がした。一分か二分後、皿の音がした。彼らが起きたのだ——だれかが起きた。

おれは斧に視線を落とし、斧をゆっくりとまわし、刃が陽光に輝くのを見つめた。雑草やヒメモロコシやヒマワリをかき分け、ポーチにあがった。

ドアのところまでいって、足をとめ、家のなかにいる彼を見た。

「おはよう、親父」おれは言った。

21

親父はテーブルについて食事中、あるいは食事をはじめるところだった。ぱさぱさした粉状のものが入ったボウルに顔を埋めるようにしていた。彼はゆっくり顔をあげ、同時になにかがいっぱい載ったスプーンももちあげた。彼の吐く息でスプーンの上のものが少し動き、吹き飛んだ。コーンミールだということがわかった——乾燥して、調理されていなかった。

「親父」おれは言った。

彼はためらった。それから、おれをまっすぐ見るまで頭をあげていった。彼の目と口は、きたない鳥の巣の底にある穴のようだった。もつれた灰色の顎ひげに囲まれていた。

「いや、ちがう」——彼はかぶりを振りながら、おれを見た——「おれは騙せんぞ。そこにいるのはおまえじゃない。いるというんなら」——彼はずる賢くくすくす笑った——「そこにいるというんなら、証明しろ。メアリを連れてきてくれ。彼女は石油作業員たちがキャンプを張っているところへいってしまった。彼女を連れてきてくれ。そして……おれとおまえで、な？」

おれは――

おれにはわからない。どう言っていいかわからない。

どういうわけか、なにもかも元のままだと考えていたにちがいない。戻ってみたら、出てきたときのままの光景を見る、と。ふたりはいっしょにいて、なにも変わっていなくて、無事で、のんびりし、不満をもらし、もがきながら夜をすごしている。そのあとはベッドに横になり、ほくそえみ、にやにや笑い、おれにしたことを小声でしゃべっている。そういう彼らの姿を頭のなかで何千回も見てきた。それ以上のことはなにもわからなかった。おれは記憶をいったん過去へ戻さなければならなかった。サンドストーンへ。ドナへ。昔ここで無事にのんびり暮らしていたとき、親父がおれから奪ったものすべてへ。

無事？　のんびり……？

無力感を感じた。空っぽ。

庭のありさまから、知るべきだった。庭や畑や家のありさまから。荒廃して、あちこち不潔でよごれている――なにも元のままなんかではないことを知るべきだった。いずれにしても、変化はつねにあるのだ――向上するにしても退化するにしても。しかし、あの光景は依然として頭のなかにあった。一部はいまだにある。ずっと頭のなかで見てきた唯一の光景。

親父がキッチンに腰かけている光景。おれは戸口にいる。そして、おれの手には鋭く、ぴかぴかの斧。おれはその斧をたったひとつの目的のために使うのではなかったか？

おれは斧を肩に振りかざして、突如まえへ進み出た。そして風を切って斧を振りおろすと、親父は驚いて身をかわしざまうしろにひっくり返り、椅子から床に転げ落ちた。

その姿を見おろしてから、おれは斧を使って木を割った。テーブルをたたき割って、たきつけと薪にした。それを腕にかかえ込み、ストーヴに突っ込んで、火をつけた。

彼は立ちあがった。背をまるめて立ち、ずる賢くくすくす笑った。おれはまた斧を振りかざし、彼のほうをむいた。そして、斧を投げつけた。それは部屋を横切って家の壁に突き刺さり、小刻みに震えた。

「どうだ」おれは喘ぎながら言った。「今度からはあんたがやるんだ。自分でやる、わかったか？　料理をする。皿洗いをする。必要なら、家具をたたき割って薪にしろ！」

「おれは騙されんぞ。おまえ、ほんとうは……」

「おれは戻ってきたよ」おれは言った。「おれはけさあそこを出たんだ。そしてあんたにとって、おれが戻ってくれれば今後あれこれしてもらえる。少なくとも、火をおこしてもらえる。あんたは人になにかしてもらわないかぎり、なんにもしないからな。いったいどうしちまったんだ？」おれは一歩近づいて手をさし出したが、親父の肩に手をおくつもりはなかった。「あんたは病気じゃない。なのに、いったいぜんたいどうしちまったんだ、あんた？」

しかし、どうしてしまったかおれにはわかっていた。彼は、結局変わろうとしなかったのだ。彼はそれまでどおりだった。昔よりもっとひどくなった。

だが、まだ生きることをあきらめようとしなかった。この状態が、生き残る彼なりの方法だった。そして、生きるのをあきらめるのはむずかしい。

「おれにわからせてくれ。おまえはトムで、メアリを連れ戻すってことを。彼女をここへ戻してくれ……」

「いいかげんにしろ」おれは言った。

「彼女を連れてこい、そうしたら証明になる。おまえは……」

それでおれは声高に笑った。それで、彼は口をつぐんだ。

「あんたは頭がおかしいわけじゃない」おれは言った。「自分のしていることがはっきりわかってる。なにをしてきたかも。いま以上に頭がはっきりしていたことはなかった。

そして、そんな頭でいまあんたが考えられることは、自分の欲求だけだ。なんのためにほしがる？　あんたになんのいいことがある？　まわりを見てみろ——自分の姿を見てみろ。それがあんたにとってなんの意味があるのか言ってみろよ。雑草、不潔さ、いまにも倒れそうな家。そしてあんたはここにすわっている——まるでガラクタの山のなかにいるヒキガエルみたいに。なにもしないで、だれかがくるのを待ちながら、深く、深くへ沈んでいきながら……」

「トム、ここでひとりでやっていくのはものすごくむずかしかったんだ……」

「ここでは」と、おれは言った。「ここでは暮らしていくことがむずかしいんだよ！　いまも昔もな！」

「でも、おまえは先へ進みたがっただろう？　先にはなにもないのに、おまえは……先へ進みたがった」

おれはかぶりを振った。先へ進むのと家を出ていくのは同じでなかった。結局おれはサンドストーンに入らざるをえなかった。そこで暮らさざるをえなかった。親父とちがって、選択肢などなかった……

しかし、おれはそこに入らざるをえなかったのか？　そこで暮らさざるをえなかったのか？　自分ではなにひとつ積極的にせず、ただ生かしてもらいながら？　そして、親父に選択肢はあったのか？　選択肢があって、いまの彼のようになったのか？

「オーケー」おれは言った。「そうかもしれない。もしかしたらそうじゃないかもしれない。どうでもいい。あんたがなにをしようと、なにをすまいと、どうでもいい。おれがここへきたのは――」

突如として、おれは自分がなぜここへきたか思い出した。おれがしていることは、もうひとつの選択肢の十倍悪いことだと思った。斧をさっと振りおろして、一瞬のうちにすべてを終わらせてしまえばよかったのに。なのに、おれはなにをした？　木を割り、火をおこし、必要なことをしただけ。それがいまおれのしたことだ。ここにとどまるのなら、その理由を、口実を見つけようとした。とどまって、彼が死ぬのを見とどけるか？　おれが腐敗と戦っているあいだに、親父が徐々に腐っていくのを見届けるか？　おれはずっとそうしてきた。親父と同様、おれもたいして変わっていなかった。

彼がなにか言ってくれないかと思った。なにかしてくれないかと。おれたちのつながりを断ち切ることとならなんでもよかった。おれが背をむけてここから出ていくきっかけとなることなら。そしたら、彼が生きざるをえないように生かしてやる。おれも生きたいように生きる。

おれにまだ選択肢があるうちに。

「トム」——目がずる賢くまたきらめいた——「おまえがなぜやってきたかわかっている」

「そうだろう」おれは言った。「きっとそうだろう」

「おまえはおれがどんな父親か知っているよな？　子供想いのおまえの父親は、おまえをかくまってやってもいいんだ。だがな、いいか——おまえは隠れる必要なんかない。だれがやったか、おれは真犯人を知ってるんだ、トム」

「隠れる？」おれは眉をひそめた。「おれはそんなこと——ははーん」おれは言った。「いや、おれはもう町へ出ていろんなところをうろついたりしないんだ。そんなことをしても意味がなさそうだからな。でも、耳にはさんだことがある。そして、だれがやったかわかった……」

彼は知っていた。彼も、オクラホマ州全体も。しかし、彼は新聞など見ていなかった。そもそも自分の利益になること以外興味がなかったし、考えようともしなかったし、耳を貸そうともしなかった。

「だれだか知りたいだろう、トム？　つかまってサンドストーンに連れ戻されたくないだろう？　そんなこと望んでないだろう？」

「だれだったんだ？」おれは言った。

「待てよ」彼はにやけながら、かぶりを振った。「そんなに急ぐな。おまえはあのインディアン女にちょっとした手紙を書くんだ。少し金がいる、と彼女に告げるんだ――そうだな、どれくらいの金額ならいい？　教えてやったおれにはいくらくれる？」

おれはため息をついた。肩が張ったような気がした。背中から千ポンドの重荷がおろされたようだった。

「もういいよ」おれは言った。「じゃあな、親父」

「なに？　おまえ、どこへいくつもりだ？　あのドアを出ていったら、おれは……」

「どこへいくかはわからない」おれは言った。「なにをするかもな」

「おまえのことを警察に通報してやる！　あのインディアン女に手紙を書くんだ、さもないと……」

「できるだけはやく仕事を見つけるよ。可能なら少し金も送る。でも、二度とおれに会おうとするな。おれを見かけても話しかけるな」

おれが戸口から出ていくと、彼の声がうしろから追いかけてきた。金切り声だった。「後悔するぞ！　おれは……」しかし、彼はおれをドアまで追ってこなかった。金切り声もすぐにとまった。なにをしてもむだだった。おれを引きとめようとしてもむだだった。おれは雑草をかき分けて進み、一歩進むごとに彼は百万マイル遠ざかっていった。おれは空っぽになった気がしたが、腹はすいていなかった。疲れていたが、休みたくなかった。

道路にむかって、雑草のなかを重い足取りで歩いた。

頭痛がし、目は疲れて熱い感じがした。おれは考えようとした——なにをしようか考えようとした。おれがいちばんしたかったことは、まちがったことだとわかったからだ。コスメイヤーの予感は正しいかもしれない。だが、人生は予感でやっていけるものではない。彼女はなんの見返りもないのにまたあたえようとするかもしれない。でも、人生はあたえるばかりでやっていけるものではない。おれたちどちらにとってもいい人生とは言えない。

おれは待ってもいい。人間はしなければならないことをする。それまで、おれは待たなければならない。たぶんおれたちはクリスマス・ディナーをいっしょにするだろう。今年のクリスマスでなければ、翌年の。それもだめなら、さらにその翌年の。〝いつ〟かは重要ではなかった。〝どんなふうに〟と、そのあとなにがおきるかが重要だった。そのあと。強風が吹いても吹き飛ばされずにもちこたえるなにかを築きあげること。ひとつたしかなことがあった。いっしょに食事をしたら、おれはそのなにかを得る。食べるのは塩漬け豚肉と豆にすぎないかもしれないが、なにかを得る。

そう思うと、することが出てきた。考えることだ――願うのではなく、真剣に考える。多くのことをしっかりと。だが、どこからはじめていいかよくわからなかった。過去と未来がすっかりごちゃごちゃになっているから、それを選り分け、整理し、今後のことを考えながら過去を反省しなければならなかった。だから、どこからはじめていいかわからなかった。どこからでも、とにかくはやくはじめなければならなかった。なにかしなければならなかった。体が疼き、頭が空っぽな感じがして、なんだかこわかった。

うなだれて歩いた。前方には雑草以外なにも見えなかった。足がかってに片方ずつ動いていた。やがて、歩く速度が遅くなった。足だけに意識があるようだった。足は自然にとまった。まるでおれ自身よりどうすればいいのか知っているようだった。

おれは体をまわし、振りむいた。引き返した。

井戸の架台に鳥の巣があった。おれは手をのばし、斑点の付いた卵三つをこわさないようそっと巣をおろした。鳥は、もちろん井戸の水を汚染することはない。もう味がわからなくなった男にもなんの害もない――においもわからず、なにも感じなくなった男にも……しかし、鳥は傷つく。ヒナたちを守ろうと必死になりすぎて羽を痛めると、自らの生を犠牲にしかねない。井戸の穴に落ちたら二度とあがってこられないだろう。

おれは道路のほうへ引き返した。鳥の巣を安全における柵の柱とか立木の股をさがしながら。すると、どういうわけかおれ自身の問題は体からするりと抜け出ていった。問題は、おれが助けなければ失われてしまうかもしれないものを救うことだった。それ以上にだいじなことはなくなった。

やがて道路についた。浮かべていた笑い――知らぬ間に笑いを浮かべていた――が口に凍りついた。

雑草が道路を隠していたのだ。だから、その車がどれくらいそこにいたのか知らない。彼女がどれくらい待っていたのか知らない。なぜやってきて、なぜ待っていたのかおれに話そうとする表情はまったく読み取れなかった。もしかしたら、おれに食ってかかる気だったのかもしれない。あるいは、まったく正反対のことをするつもりだったのかもしれない——なにも心配いらない、と言うつもりだったのかも。たぶん、自分でも理由がわからなかったのだ。ここへこなければならなかったから、ここへきた。おれのように。そして、つぎにどうしたらいいか、彼女もおれと同じように困惑していた。

彼女は笑みを浮かべるでもなく、しかめ面をするでもなく、おれの目にしっかり目を据えながら、ゆっくり近づいてきた。おれが口火を切るのを、なにか言うのを待っているのだろう、たぶん。だが、おれには言うことなどなにもなかった——いま、すぐには。まわれ右をして走りだすことしか考えられなかった。

彼女がどんどん近づいてきて、おれは体が震えはじめた。つぎの瞬間にはきっと駆けだすだろう……なにかを救うために？　ばかばかしい。自分を救えない男がどうやってなにかを救えるのだ？　完全な沈黙に包まれたが、そのなかから声が聞こえた。走れ、永遠に走りまくれ、とおれにむかって叫んでいる。なにもするな、立ちなおろうとするな、とおれにむかって叫んでいる。**なぜって、失望するからだ、トム。そんなことをしたって、失望して失恋するだけだ。みんなは裁判のことをけっして忘れないよ、坊や。おまえにも彼女にもけっして忘れさせない。みんなおまえをあざ笑う。あるいは、もっと悪く、おまえを哀れむ。おまえは無知で、教育がなく、健康もすぐれない。そし**

て——とにかく、おまえになにができる？　どうやって立ちなおる？　よく考えろ、トミー。おまえが戦わなければならないあらゆることを考えろ。ずっと考えつづけるんだ——勝っても負けるということを。それから隠れろ。自分を埋葬しろ。そして埋められたままでいろ。遠ざかっていろ——

彼女の手がおれの手を取り、巣をもっていた手を押さえた。彼女の手がおれの手を押さえて震えをとめるなんて奇妙だった。彼女の手も震えていたからだ。しかし、それはおかしくもなんともない。代数のようなものだ。マイナス×マイナスは、プラス。

走れと叫ぶ声はとまっていた。おれが走りそうもないと見破ったのだ。それで、声はすっぱりあきらめた。声は遠ざかって、おれたちをいっしょにそこにのこした。おれたちが言える適切な言葉はなにもなかった——ぎこちなさや戸惑い以外になにも感じなかった。だから、おれたちはどちらも口をひらかなかった。

十一月の日差しを浴びて、おれたちはだまってそこに立っていた。こわばって、しゃちほこばって。つぎにどうしたらいいか考えているうちに、しだいにおたがいに馴れていった。おれたちは巣を見おろし、自分たちの手のなかにある新しい命をどうしたらいいか、思案するというよりむしろきめようとしていた……

解説

書けることを書く

福間健二（詩人・映画監督）

古典でも純文学でも娯楽小説でもなんでもかんでも次から次に読みまくっているようなことはなくなったが、それでも小説というジャンルはバカにできない。物語のおもしろさということ、それを求める人間の大昔からの渇望が簡単には変質しないことを認めるべきだろうか。しかし、それとは別に、私は持続的に接しているのが中毒になるような作家の持ち味に引きつけられる。

持ち味、それはまず人間と世界への向かい方だ。私の場合、内外問わず、ここまで来ていちばん飽きないのはチャールズ・ディケンズである。何がいいのだろう。一般的な意味の長所はいくらでもあげられるだろう。人間にも世界にもこの上なく健全な好奇心を発揮した作家である。でも、それだけならただの優等生の大物だ。私がとくに思うのは、ディケンズのスキありのところ、苦しまぎれに御都合主義で筋を運んでしまうところ、構成をちゃんとやっていないところなどが、かえってそうなることで、矛盾と混沌にみちたこの世界の活力の奥行きに通じているのではないかということだ。

ある種の粗雑さ、小説はそれが必要なのだ。例をひとつあげよう。中上健次の『枯木灘』と『地の果て　至上の時』の歴然とした差。粗雑さのある前者の方が格段に刺激的であり、作者が頭で考えていることの先へと伸びているものがある。

自分の熱中した作家でいうと、ホラー小説のスティーヴン・キングとクライヴ・バーカーや武侠小説の金庸には、ディケンズの通俗版・現代版という側面があると思って拍手してきたが、どうも、かれらにもだいぶ飽きてきた。世界中で信じられない数の本を売ったキングにしても、ディケンズほどの永遠性は獲得できそうにないと思う。別な観点からそんなことあたりまえだと言われそうだが、かれらの、武侠やホラーという小ジャンルへの安住が、私の求める粗雑さをおしかくすようにはたらく気がする。粗雑さは、書きとばしている感じでもある。書きとばしが大きく外を向いていないとおもしろくない。

前おきが長くなっているので急ぐ。近年の私の好きな作家ベスト3は、ポルトガルのノーベル賞受賞作家ジョゼ・サラマーゴ、世界的ベストセラー『悪童日記』のアゴタ・クリストフ、そしてジム・トンプスンである。英文学を研究してディケンズ・ファンという居心地いい場所を手に入れかけた私がこの三者を選ぶ。どうしてか。この話も長くなりそうだ。症候的事実としてこうなっていると受けとめてもらいたい。

とくにトンプスンは、パルプ・フィクションとかB級ノワールとかポケットブックス・オリジナルとかの小ジャンルで仕事したのではないかと問われそうだ。それにはこう答えたい。彼はそこに安住したことはない。これ以上のものはないと思えるトンプスンをたたえる有名なフレーズ「ダイムストアのドストエフスキー」を発したジェフリー・オブライエンが言っているように、トンプスンは犯罪小説のルールを破っただけではなく、ときにはフィクションの土台をなすものを壊してしまうのである。

ディケンズからトンプスンまで。あるいは、サラマーゴ、クリストフ、トンプスン。このラインに私を飽きさせないものがある。小説に飽きた頭にも入ってくるもの。究極、それは小説を超える小説のあり方なのだとしたい私がいる。

ジム・トンプスン。この名前を何によって知ったかというとやはり映画である。サム・ペキンパーの『ゲッタウェイ』の原作者として知った。一九七〇年代前半。訳も出ていたが、その時点ではトンプスンをあまり意識しなかった。それよりもウォルター・ヒルが脚本を担当していることが大きかった。まだ監督をしていなくて脚本家として売り出し中の時期のヒルで、その脚本作品、とくに俳優のロバート・カルプが監督したテレビ・

シリーズの劇場版『殺人者にラブソングを』に私や友人は拍手を送っていた。勝手な推測だが、これはトンプスンが映像作品の脚本で狙ったものに近かったのではないか。

その後ロジャー・ドナルドソンによってリメイクもされた『ゲッタウェイ』については、原作と映画のちがいがよく議論になる。リメイク版でもクレジットに名前が残るヒルの仕事という面も考慮に入れるべきだと私は思ってきた。映画では消えた「エル・レイの王国」のエピソード。それを嫌ったのは、このあとに『ガルシアの首』をやるペキンパーではなく、また映画化のための当然の成り行きでもなく、ひねりすぎないのが持ち味のヒルだとしてみたらどうだろう。どちらのファンでもあったので言っておきたい。方向は別でも、ペキンパーはペキンパーで、ヒルはヒルで、トンプスンの軌跡との交差から得ているものがあると確信する。

一九九〇年代の初め、スティーヴン・フリアーズ監督の『グリフターズ　詐欺師たち』とジェームズ・フォーリー監督の『アフター・ダーク』が登場する。この二本でトンプスンに決定的に出会ったのだと思う。洋書店に行くと原書があったのですぐに買った。読んだのはすぐではなかったかもしれないし、*The Killer Inside Me* の村田勝彦訳『内なる殺人者』を読んだのも同じころで、事のあとさきはよくわからない。少し時間がたったところで『グリフターズ　詐欺師たち』について原稿を書いた記憶がある。いま掲載誌が見つからないが、ジョン・キューザック、アネット・ベニング、アンジェリカ・ヒューストン、出演者がそれぞれによかった。トンプスンの人物に色をつけるとしたらそういう色、というものを打ちだしていたと思う。

私はもともと十代からドン・シーゲルに代表されるようなB級アクション映画が大好きだった。そのアメリカを、ジャン＝リュック・ゴダールと日本の石井輝男や鈴木清順のあいだにおいて、映画のみならず、表現への感受性の、いわば好きなものと憧れの地図をつくっていた時期がある。一九六〇年代だ。

しかし、七〇年代半ば以降、夢の破産を何度も小出しで念押し的に知らされるとともにその地図も引き裂かれていった気がする。でも、どんなことも、完全に終わるわけではない。ある意味で二十世紀の夢の破産の総仕上げとなる九〇年代に、一九〇六年生まれで一九七七年に七〇歳で亡くなった作家トンプスンの表現とつきあうことができた。ノワールだから、人の心の暗黒面をえぐるから、この世界の絶望を先どりしているから、というように説明できること以上のなにかがおこった。

トンプスンのアメリカ。当然、古き良きアメリカではなく、地獄でありながら人を誘惑する力をもつアメリカであり、過去でありながら未知の領土をはらむアメリカであった。人が孤独をかみしめる暗い場所。いいことは、もうない。でもどこかに蜜がかくされている。そんな感じだ。代表作とされる *The Killer Inside Me*（『内なる殺人者』あるいは『おれの中の殺し屋』）、*Savage Night*（『サヴェッジ・ナイト』あるいは『残酷な夜』）、*Pop. 1280*（『ポップ１２８０』）は、細部がすべてこちらに突き刺さってくるような、文句なしのおもしろさだった。人物たちの性質ひとつひとつに作者自身のもつものが乗り移っている。哲学者ジル・ドゥルーズの考えた作家の条件をヒントにして言えば、生きることの不器用さと虚弱体質的な健康の不確かさでつながる関係が、作者と人物のあいだに、そして人物と人物のあいだにも見える気がした。

私が原書で読んでとくに愛着をおぼえたのは、*A Hell of a Woman*（『死ぬほどいい女』）だ。切りつめたというよりも書きいそいでいる表現の単純さが、トンプスン作品でも最高の蜜にせつなく出会う。父と息子、誘惑する者と誘惑される者といった「関係」の神話的な原型。それが散らかった貧しい部屋のテーブルの上におかれているのが、私の頭のなかにひとつピントをはずした絵となって残っている。

トンプスンの英語。いいときは、ヘミングウェイからトーンを奪った感じで、人が文体の条件として誤解する「薄皮」を破ってくる。そうだ、アゴタ・クリストフの習得されたフランス語に匹敵する、いわば不器用さの詩を、トンプスンは母語で生みだすのだ。

トンプスンに肩入れする一方で、やはりちょっと飽きた感じがしてきたのはいわゆるハードボイルド探偵物だ。ダシール・ハメットはちょっと別として、レイモンド・チャンドラーでもロス・マクドナルドでも、主人公の探偵の背後には、人格的にしっかりした作者がいる。作者が作品の全体に責任感をもって目を配ることが、そのまま主人公の人へのやさしさと感傷のトーンをつくっている。その構図は、たとえば村上春樹にも受けつがれている。トンプスンの主人公の背後にいるのは、そういう作者ではない。もっと危ういところで生きていると感じさせる作者だ。

毎日ジョギングをするような規則正しい生活を送り、決めた一日のノルマを果たしていくという書き方からはいちばん遠いところで、トンプスンは書いている。私はそう思う。一気に書いてしまう。そのあと、本人も、調べた人たちも言っているように、救いがたいほどの停滞に陥ることがある。ぎりぎりのところで、書けるときに書けることを書くのだ。書けることはなんでも書き、言えることはなんでも言う。そうしないと仕事にならない。アイディアでも筆力でもとにかく書くのに必要な資力が底を突いているという恐怖におののきながら、いつも奇跡のように一気に書き抜いてしまったのではないか。

本書『綿畑の小屋』(原題 *Cropper's Cabin*)が五冊目となるこの文遊社のトンプスン・シリーズ。ここまで『天国の南』、『ドクター・マーフィー』、『殺意』、『犯罪者』と読んできて、あらためてトンプスンの、危ういからこそ、スキありだからこその、作家としての魅力を確かめることができた。魅力、余剰のあるゴージャスさの反対のそれだ。どの作品もよくできた既製品のようなものの対極にあるだろう。このヴァラエティーのなかにも職人性と不器用さが和解できないままに埋め込まれている。見方次第では小説の作り方として安易だと思えるようなことが、そうであることでむしろ「抗議」をふくんだ、世界を見抜く力になっていくのだ。

『綿畑の小屋』は、同じく一九五二年に出た *The Killer Inside Me* の次の作品で、トンプスンの残した長篇二十九本のうちの第五作。*The Killer Inside Me* がアクセントのくっきりした見せ場にあふれ、小説のプロットとは究極のところこれしかないとトンプスンが考えていたという「ものごとは見かけどおりじゃない」を徹底したものであるのに対して、ここに展開されるのはもっと微妙な表裏をもつ世界だ。

冒頭部にいきなり、十九歳の主人公で語り手の「おれ」(トミー・カーヴァー)が、学校の教室で、ゴミ箱にあった女教師ミス・トランブルのサンドウィッチの食べ残しを見つけて口紅と唾液のついたところをつまみとってポケットにしまうという、たまらないトンプスン的場面がある。しかもトミーのその行為を、重要な人物のひとりとなる守衛（エイブ・トゥーレイト）が目撃している。この守衛はインディアンであり、その人種的な立場や屈辱が入りくんで見えてくる「尋問」を切り抜けたあと、「おれ」は体の関係をもつドナ・オンタイムに会う。ドナは金持ちの美しい娘で、キャデラックに乗って彼を待っていた。この入り方だけでも、ほんとうにたまらないトンプスンらしさが刺激的に詰まっているし、読みすすめば作品の展開上の大事な因子が詰まっていたのだともわかる。

東部オクラホマの小さな町の、過去からの因縁に縛られている人間たち。先駆的な怒れる若者であるはずの「おれ」は、そのなかで反抗の矛先をどこに向けていいのかわからない感じだし、自身汚れてもいる。トンプスンは、この若い語り手の「おれ」に、この町の、白人とインディアンの共存の歴史的な経緯をはじめとして、農業、経済、その他の社会状況の説明もさせる。トンプスンが体験と調査から知ったことであり、このあと殺人事件の犯人に仕立てられて「迷路」をさまようことになる「おれ」にそれがよく見えている、としているのは、無理がないわけではないが、そんなことはおかまいなしに、言えることはなんでも言って（「おれ」に言わせて）小説を進行させるのだ。

インディアンの苗字のオンタイム（時間どおり）とトゥーレイト（時間遅れ）をめぐる話。前者は政府からの配分を受けるのに間に合ったのであり、後者は間に合わず、貧富の差がそこから来るのだが、これを言ってから、お金のあるオンタイム側の人間であるドナへの思いを「おれ」は語る。

「かりに父親が無一文でも、彼女のことが好きだった」。その方が「もっと好きになるかもしれない」とするのは、ヒーローの性格として十分にまともだが、そのあと、ドナにインディアンの血が四分の一入っているのが「美女を生む」条件となると言い及ぶところで、この怒れる若者の像は少しだけ歪み、先行きを不安にする。

一方、ドナも十分に賢くて見抜く力をもっている。まるで読者のために「おれ」のかわりに言うように、トミー・カーヴァーのおかれた境遇を要約してみせる。

「その一。ミスター・カーヴァーはあなたの実の両親が洪水で溺れ死んだあと、ミシシッピであなたを養子にした。その二。彼の奥さんが死んだら、あなたを孤児院にあずけて見捨てる代わりに、メアリを養女にしてあなたの面倒を見させた。ついでに言わせてもらうと、男やもめが十四歳の少女を養女にしようとしても法律はけっこうあまいようだけど、でも……」。さらに「その三。医者たちはあなたがもっと高地の乾燥した気候のところにいたほうがいいって考えたから、ミスター・カーヴァーはミシシッピをはなれて、あなたとメアリをここへ連れてきた……」というように、である。

ドナとメアリとミス・トランブル。十分すぎるほどねじれていそうな女性たちが「おれ」に向ける関心、かまいたい気持ち、やさしさといったものを、トンプスンはそこに絡む性の問題をいささかも逸らすことなく、濃いめに扱っている。それがあって、この『綿畑の小屋』は、ちょっと大げさに言うと文豪レフ・トルストイを恐れさせたような、誘惑あり、悪魔ありのビルドゥングス・ロマンになっていく。窮地に陥る「おれ」の冒険的な進路と停滞は、ただB級ノワール的と呼ぶのではすまない、どこまでも解決しようのない人生の時間につつまれる。奇妙な静けさが随所におこる。それがいい。

『天国の南』にジョン・スタインベックの『怒りの葡萄』を思い出させるところがあったように、これはどこかマーク・トウェインの『ハックルベリー・フィンの冒険』を思い起こさせる。主人公が罪を着せられそうになって逃げる物語。この世界のシステムの奥をのぞきこむ物語。だが、トミー・カーヴァーは助けたり助けられたりする仲間のいないハックだろうか。いや、そうでもないと思わせるものがあるとしたら、やはり女性の存在だ。それぞれの能動性が先まわりしてトミーを待っている場面がある。助けられたいのか、助けてあげたいのか。どちらでもあるだろう。

それに比べて、父たちは動かない。壁でしかない。そして、この作品のあと、『犯罪者』や『殺意』などにも登場する弁護士コスメイヤーの作戦も、何をどうしたいのか、私にはあまりよくわからない。被告を死刑にしない。そうすれば逆転のチャンスがあるという以上のことを考えているみたいなのだが、そういえば、コスメイヤーには神を思わせるものがあるとだれかが言っていた。人間とそれが好む理路をわざと見ないようにしている神だろうか。その姿にはなんとなくトンプスン自身が投影されているという感触もある。

書けることを書く。だれもがある程度そうしているというような次元の先へとそれを徹底すれば、だれかを救うことなど眼中になくなる。究極、必要なのは、したり顔の良識や常識が要求するあらゆることへの無責任さだ。この世界が人にどんな仕打ちをするか。どんな目にあわせるか。それを思い知ったところからの反撃が、書くという行為になっているのだ。

生きることの大変さ。それを埋め合わせてくれるほどに書くことが楽しいかと言えば、楽しいのはいっときのことにすぎない。それでも書く。表現へのコントロールができなくなっても書く。トンプスンは、それをやったと思う。条件のよくないところで、ある意味では条件がよくないからこその手軽さをときには楽しみながら。そのために綻びがある。それがむしろ捨て身の「抗議」になっていると感じさせる。ディケンズやサラマーゴとの比較をやりそこなった。装備の貧しさや、まだ認定されていない価値を掘り起こしていることも考えると、やっぱりトンプスンが最高かな。

訳者略歴

小林宏明

1946年東京都生まれ。明治大学英米文学科卒。リー・チャイルド『ネバー・ゴー・バック』『キリング・フロアー』（講談社文庫）、ジェイムズ・エルロイ『LA コンフィデンシャル』（文春文庫）、ホレス・マッコイ『明日に別れの接吻を』（ハヤカワ・ミステリ文庫）、ジム・トンプスン『天国の南』（小社刊）ほか翻訳書多数。著書に『銃を読み解く 23講』（東京創元社）、『小林宏明の GUN 講座』（エクスナレッジ）、『図説 銃器用語事典』（早川書房）など。

綿畑の小屋

2018年10月15日初版第一刷発行

著者：ジム・トンプスン

訳者：小林宏明

発行所：株式会社文遊社

東京都文京区本郷 4-9-1-402　〒113-0033

TEL: 03-3815-7740　FAX: 03-3815-8716

郵便振替：00170-6-173020

装幀：黒洲零

印刷：中央精版印刷

Cropper's Cabin by Jim Thompson

Originally published by Lion Books, 1952

　ISBN 978-4-89257-145-9

犯罪者

ジム・トンプスン
黒原敏行 訳

殺人容疑者は十五歳の少年だった――。過熱する報道、刑事、検事、弁護士の駆け引き、記者たちの暗躍を描く。本邦初訳
解説・吉田広明
978-4-89257-144-2

殺意

ジム・トンプスン
田村義進 訳

悪意渦巻く海辺の町――鄙びたリゾート地、鬱屈する人々の殺意。各章異なる語り手により構成される鮮烈なノワール。本邦初訳
解説・中条省平
978-4-89257-143-5

ドクター・マーフィー

ジム・トンプスン
高山真由美 訳

〝酒浸り《ウエット》〟な患者と危険なナース。マーフィーの治療のゆくえは――アルコール専門療養所の長い一日を描いた異色長篇。本邦初訳
解説・霜月蒼
978-4-89257-142-8

天国の南

ジム・トンプスン
小林宏明 訳

'20年代のテキサスの西端は、タフな世界だった――パイプライン工事に流れ込む放浪者、浮浪者、そして前科者……。本邦初訳
解説・滝本誠
978-4-89257-141-1